FRED VARGAS

DAS ZEICHEN DES WIDDERS

FRED VARGAS, GEB. 1957, VON HAUS AUS ARCHÄOLOGIN, LEBT IM PARISER STADTTEIL MONTPARNASSE. MIT IHREN NEUN ROMANEN SEIT 1994 IST SIE HEUTE DIE KÖNIGIN DES FRANZÖSISCHEN KRIMINALROMANS UND EINE SCHRIFTSTELLERIN VON WELTRANG, ÜBERSETZT IN 40 SPRACHEN UND MIT BEDEUTENDEN NATIONALEN UND INTERNATIONALEN LITERATURPREISEN GEKRÖNT. BEI AUFBAU UND ATV LIEGEN IN ÜBERSETZUNG VOR: IM SCHATTEN DES PALAZZO FARNESE, DIE SCHÖNE DIVA VON SAINT-JACQUES*, DER UNTRÖSTLICHE WITWER VON MONTPARNASSE*, DAS ORAKEL VON PORT-NICOLAS, ES GEHT NOCH EIN ZUG VON DER GARE DU NORD*, BEI EINBRUCH DER NACHT, FLIEHE WEIT UND SCHNELL*, DER VIERZEHNTE STEIN*, DIE DRITTE JUNGFRAU*, VOM SINN DES LEBENS, DER LIEBE UND DEM AUFRÄUMEN VON SCHRÄNKEN, DIE SCHWARZEN WASSER DER SEINE*.

* AUCH ALS HÖRBUCH IM DAV

EDMOND BAUDOIN, JAHRGANG 1942, ARBEITETE IN JAPAN FÜR DEN MANGA-GIGANTEN KODANSHA UND GILT ALS VORREITER EINER GANZEN GENERATION VON COMIC-ZEICHNERN.

JULIA SCHOCH, GEB. 1974, FREIE AUTORIN. 2004 STEFAN-GEORGE-PREIS FÜR ÜBERSETZER DER FRANZÖSISCHEN SPRACHE, 2005 PREIS DER JURY BEIM INGEBORG-BACHMANN-WETTBEWERB IN KLAGENFURT.

SOMMER IN PARIS. GRÉGOIRE UND VINCENT, ZWEI HALBWÜCHSIGE KLEINKRIMINELLE, KLAUEN EINEM ALTEN MANN DIE TASCHE, DEREN INHALT SIE ERSCHAUDERN LÄSST: VIER HAARBÜSCHEL, EIN TIERSCHÄDEL, EINE POLIZEIMARKE, EINE FILMDOSE MIT ZAHNSPLITTERN UND 30.000 FRANCS. AM NÄCHSTEN MORGEN WIRD VINCENT ERSTOCHEN IN SEINER WOHNUNG AUFGEFUNDEN – AUF SEINEM KÖRPER DAS BLUTIGE MAL EINES WIDDERKOPFES. AUCH GRÉGOIRE SCHWEBT IN GEFAHR, DOCH ANSTATT SICH ADAMSBERG, DEM BULLEN, ANZUVERTRAUEN, VERSTECKT ER DIE TASCHE UND SCHNÜFFELT IHREM BESITZER AUF EIGENE FAUST HINTERHER.

IN DIESEM EINZIGARTIGEN COMIC-ROMAN VERBINDEN SICH VARGAS' REICHE LITERARISCHE PHANTASIE UND DIE AUSDRUCKSVOLLEN ZEICHNUNGEN DES ILLUSTRATORS BAUDOIN ZU EINEM WAHREN SCHMUCKSTÜCK FÜR ALLE VARGAS-FANS UND SOLCHE, DIE ES WERDEN WOLLEN.

FRED VARGAS

DAS ZEICHEN DES WIDDERS

MIT ZEICHNUNGEN VON BAUDOIN

AUS DEM FRANZÖSISCHEN VON JULIA SCHOCH

aufbau
AUFBAU VERLAGSGRUPPE

PARIS. DER BRUNNEN AN DER PLACE SAINT-MICHEL. SOMMERLICHE TEMPERATUREN, VIEL LOS, WIE IMMER. GRÉGOIRE BRABAN WARTET AUF SEINEN FREUND VINCENT. ER SAMMELT KRONKORKEN UND BIERDOSEN AUF, DIE ER IN SEINEN SCHWARZEN RUCKSACK STECKT. GRÉGOIRE TRÄGT EIN WEITES, LANGES T-SHIRT UND EINE CARGO-HOSE MIT VIELEN TASCHEN, AN DEN FÜSSEN HAT ER INLINESKATES.

VINCENT KOMMT AUF DEM MOTORRAD AN. VINCENT TRÄGT RÖHRENJEANS, BOOTS UND EIN ENGANLIEGENDES T-SHIRT, DARÜBER EINE OFFENE WESTE.

ER KOMMT AUF GRÉGOIRE ZU.

HAST DU VOM KRONKORKEN-SAMMELN NICHT MAL DIE SCHNAUZE VOLL?
DIE SIND FÜR MEINEN VATER, HAB ICH DIR DOCH GESAGT. WO WARST DU? ICH WARTE SEIT EINER STUNDE AUF DICH.
DU BIST NICHT DER SKLAVE VON DEINEM ALTEN.
HAST DU NICHT MAL DIE SCHNAUZE VOLL? WEISST DU EIGENTLICH, WIE DU AUSSIEHST?
WIE ICH EBEN AUSSEH. IST MIR DOCH EGAL.
JETZT HÖR MAL ZU, GRÉGOIRE. KOMMST DU VIELLEICHT NICHT VON ALLEIN DRAUF. DEIN VATER INTERES-SIERT MICH NICHT. WENN WIR VERAB-REDET SIND, SAMMELST DU KEINE KRONKORKEN. DU HÄLTST DICH ZURÜCK.
SCHÄMST DU DICH?

DAS GANZE VIERTEL GUCKT. WILLST DU, DASS MAN DICH BEMERKT, ODER WAS?
HAB ICH NICHT DRAN GEDACHT.
SAG ICH JA. JETZT PACK DEINEN KRAM ZUSAMMEN UND KOMM.
WER IST ES?
EIN ALTER. HAT AN DIE ZWEITAUSEND EIER IN DER TASCHE. ER ISST IN DEM BISTRO DORT, WIE GESTERN. DANACH GEHT ER NACH HAUSE. 'NE KLEINE BUDE IM SECHSTEN STOCK, FAHRSTUHL.
PASS ABER AUF, GRÉGOIRE. DAS IST KEINER VON DEN ALTEN, DIE BEIM ERSTEN SCHLAG UMFALLEN. NOCH ZIEMLICH FIT, GLAUBE ICH. EIN SEHNIGER TYP.
ÜBLICHE METHODE, ABER ERHÖHTE WACHSAMKEIT. KLAR?
OK.

- JA?
- HAST DU VOM KRONKORKEN-SAMMELN NICHT MAL DIE SCHNAUZE VOLL?
- ICH SAMMLE NICHT BLOSS KRONKORKEN. ICH SAMMLE AUCH DOSEN.
- UND WAS MACHT DEIN ALTER DAMIT?
- VERGISS ES, VINCENT. IST ZU HOCH FÜR DICH. VERSTEHST DU EH NICHT.

– SO VIEL VERSTEH ICH SCHON: DEIN VATER VERDIENT KEIN BISSCHEN WAS.
– VERGISS ES, HÖRST DU?
– UND DEINE BRÜDER? SAMMELN DIE AUCH KRONKORKEN?
– ES SIND NICHT NUR KRONKORKEN, ES SIND AUCH DOSEN. BIERDOSEN.
– SAMMELN DIE AUCH WELCHE?
– JA.
– SOGAR DEIN EWIG KORREKTER BRUDER? WAS MACHT DER EIGENTLICH, DEIN KORREKTER BRUDER?

– DU WEISST DOCH, WAS ER MACHT.
– BANKANGESTELLTER. DER STAPELT DEN GANZEN TAG GELDSCHEINE.
– LASS IHN. ER IST EBEN KORREKT, DAS IST ALLES.
– DARÜBER REDEN WIR NOCH MAL.
– NEIN.
– OK. DANN REDEN WIR EBEN NICHT NOCH MAL DRÜBER. ICH WERDE DEINE FAMILIE NICHT MEHR ERWÄHNEN.

– IST ER DER VATER VON DEN ANDEREN? VON DEINEM KORREKTEN BRUDER UND DEN ANDEREN?
– VIELLEICHT.
– WEISST DU'S NICHT MEHR? HAST DU'S VERGESSEN?
– MEIN VATER, ALSO DER KAM UND GING, ER VERSCHWAND UND TAUCHTE WIEDER AUF. IN DER ZEIT HAT MEINE MUTTER VIER KINDER GEKRIEGT. WIR WISSEN BLOSS, DASS SIE, ALS SIE WEGGING, GESAGT HAT, EINER VON UNS VIEREN SEI VON IHM.
– MANN, DER ALTE SCHAUFELT JA MÄCHTIG WAS REIN. IST 'N MORDSKERL. SEHNIGER TYP. ERHÖHTE WACHSAMKEIT, GRÉGOIRE.
– ER GENEHMIGT SICH AUCH EINEN. DAS WIRD IHN SCHLAFF MACHEN.
– WIESO HAT DEINE MUTTER IHM NICHT GESAGT, WELCHER ES IST? WELCHER SEIN SOHN IST?

– WEIL SIE ANGST HATTE, ER WÜRDE SICH UM DIE DREI ANDEREN DANN NICHT KÜMMERN. DENK DOCH MAL NACH.
– ACH SO. GANZ SCHÖN CLEVER, DEINE MUTTER. SIE IST MIT EINEM REICHEN TYPEN ABGEHAUEN, ODER? EINER, DER SCHIFFE HAT, SO 'N SUPERREICHER?
– JA.
– GANZ SCHÖN CLEVER.

– WIESO HAT DEINE MUTTER IHN NICHT IN DEM GLAUBEN GELASSEN, ALLE WÄREN VON IHM?
– WEIL SIE SICH VERKRACHT HATTEN.
– ACH SO. GANZ SCHÖN CLEVER.

– KEINE CHANCE. MANCHMAL HABEN WIR UNS ABENDS ALLE FÜNF VOR DEN SPIEGEL GESTELLT UND UNS ANGESCHAUT. KEINE CHANCE. MANCHMAL HÄTTE ES GUILLAUME SEIN KÖNNEN,

MANCHMAL GRATIEN ODER GAUTHIER, ODER ICH. MEIN VATER HAT JEDES MAL GESAGT: „MIR REICHT'S, KINDER. WIR WERDEN UNS NICHT IN SALZSÄULEN VERWANDELN, BLOSS UM RAUSZUKRIEGEN, WER VON MEINEN EIERN ABSTAMMT. EIER SIND PRIVATSACHE." UND DANN SIND WIR INS BETT GEGANGEN.

– JA, CLEVER. ABER JETZT, MIT DIESEM GANZEN GENETIKZEUG, KÖNNTE MAN'S RAUSKRIEGEN. IHR PISST ALLE IN EINEN BECHER, UND DER URIN VERRÄT EUCH DIE WAHRHEIT.
– ER HAT SICH DRAN GEWÖHNT. ER WILL'S NICHT MEHR WISSEN.
– UND DU?
– WAS WÜRDE DAS BRINGEN? WENN ICH NUN DAS KÜRZERE HOLZ ZIEHE?

– DER OPA HAT NACHTISCH BESTELLT. DER TYP IST ECHT EIN FITBOLZEN. SEI WACHSAM.
– DER NACHTISCH WIRD IHN SCHWERFÄLLIG MACHEN.

– ABER HAST DU VOM KRONKORKEN-SAMMELN NICHT MAL DIE SCHNAUZE VOLL?

SEHR GUT, ER GEHT NACH HAUSE. SIEHST DU, WAS DAS FÜR 'N KERL IST?

MANN, HATTE DER 'NE KONDITION. WAS HAB ICH DIR GESAGT?
OB DU IHN WOHL SEHR RAMPONIERT HAST?
ICH HAB IHN NICHT MAL BERÜHRT. VERHALT DICH RUHIG. ICH RUF DICH AN.
76435 VT 75, EINE BLAUE YAMAHA. JA, SEHR DRINGEND. ICH WARTE AUF DEINEN RÜCKRUF. ICH BLEIBE HIER.
ACH, DU SCHEISSE, EIN SPINNER.
MAITRE FÉRÉAL VOUS GUIDE.

VINCENT NIMMT DIE TASCHE UND STÜLPT SIE AUF DEN TISCH. HERAUS FÄLLT EIN WUST VON DINGEN. ER DURCHSTÖBERT DEN INHALT, BREITET IHN AUS:

BÜCHER, ZIEMLICH ALT, ZIEMLICH SPECKIG:
„ZEICHEN UND STEINE"
„DIE KUNST DES WAHRSAGENS. EINFÜHRUNG IN DIE PRAXIS DES WEISSAGENS"
„EMPFANGE DAS UNSICHTBARE"
BÜNDEL HANDGESCHRIEBENER BLÄTTER:
„DIE PFORTEN DES WISSENS"
„DER USURPATOR"
„DAS ZWÖLFTE ELEMENT"
WERBEFLYER:
„UNTER DER LEITUNG VON MERKUR"
„IM HAUS DER SONNE"

DREI, VIER HAARSTRÄHNEN, MIT KLEBEBAND AUF EINEM STÜCK PAPPE BEFESTIGT, IN EINER PLASTIKTÜTE.

SCHEISSE, MURMELT VINCENT.

PAPIERTASCHENTÜCHER, EIN GROSSER, VERDRECKTER SCHRAUBENZIEHER, EIN KLEINER SCHRAUBENZIEHER, EIN KLEINES FLÄSCHCHEN MIT EINER ROTSCHWARZEN FLÜSSIGKEIT, DIE WIE BLUT AUSSIEHT, EIN TAROTSPIEL, EIN KOMPASS, EIN LÖFFEL; AUSWEISE, DIE MIT EINEM GUMMI ZUSAMMENGEHALTEN SIND, DAS VINCENT ABSTREIFT: EIN BIBLIOTHEKSAUSWEIS (AUF DEN NAMEN GEORGES ESTIER), EIN KANTINENAUSWEIS (AUF DEN NAMEN GILLES BENAMOU), EINE KREDITKARTE (AUF DEN NAMEN FRANÇOIS PONT), EIN POLIZEIAUSWEIS MIT DEN FARBEN DER FRANZÖSISCHEN TRIKOLORE (AUF DEN NAMEN ROLAND VINTEUIL); EIN WINKELMASS, EINE PUNZE, MEHRERE KULIS, EIN STÜCK AMETHYST, EIN PAAR SCHWARZE KIESELSTEINE, EINE EIN-

GETROCKNETE VOGELKRALLE (VON EINEM HUHN?), EIN SCHÄDEL (VON EINER KATZE?) IN EINEM BEUTEL, EIN KAMM, EIN ZIEMLICH SCHWERER SCHMUCKANHÄNGER, EINE GEWEIHSPROSSE, DIE ZEITUNG VOM VORTAG, EINE KLEINE SCHACHTEL (TYP FOTOSCHACHTEL, SCHWARZ).

WAS SOLL DIESER GANZE SCHEISS?,
MURMELT VINCENT.

ER ÖFFNET DIE SCHWARZE FOTOSCHACHTEL UND KIPPT SIE AUF DEN TISCH: EIN GUTES DUTZEND HARTER SPLITTER FÄLLT HERAUS, WEISSE UND GRAUE, WIE BRUCHSTÜCKE VON ZÄHNEN. VINCENT LÄSST DIE SCHACHTEL FALLEN, GREIFT ZUM TELEFON UND RUFT GRÉGOIRE AN.

TELEFON!
ICH GEH RAN.
VOLLTREFFER, MEIN LIEBER, DREISSIGTAUSEND EIER.
DREISSIGTAUSEND?
NEUNUNDZWANZIGTAUSEND FÜNFHUNDERT UND EIN PAAR ZERQUETSCHTE.
VINCENT, DU BIST EIN PROFI. ENDLICH SIND WIR MAL AUF 'NE GOLDADER GESTOSSEN.

ICH GLAUB EHER, WIR SIND AUF WAS ANDERES GESTOSSEN.
IST EIN SCHECKHEFT DABEI?
WAS ANDERES, ZIEMLICH WIDERLICHES, GRÉGOIRE. DIE TASCHE VON DEM ALTEN IST DIE BÜCHSE DER PANDORA. DA SIND SÄMTLICHE ÜBEL DER WELT DRIN.
WAS MEINST DU DAMIT? PORNOKRAM?
SCHWARZES BLUT, KNOCHENSTÜCKE, EKELHAFTE BÜCHER, WAS MIT TOTEN UND MIT STERNEN. UND AUSSERDEM STINKT DAS ZEUG.

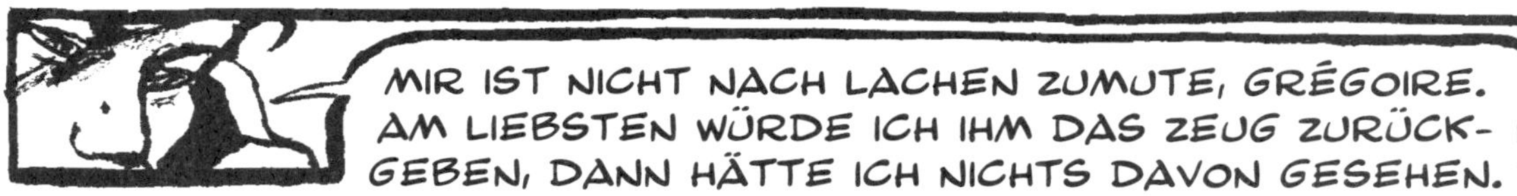

– BIST DU VERRÜCKT? UND DIE KOHLE?

– DIE KOHLE STINKT. DAS IST DAS GELD VON EINEM DURCHGEKNALLTEN, DER GESCHÄFTE MIT DEN TOTEN MACHT. AUSSERDEM KLAUT ER AUSWEISE, ER HAT 'NE GANZE SAMMLUNG DAVON.
– SEIT WANN MACHT DIR SO WAS ANGST?
– TU NICHT SO UND GUCK DIR DIE SACHE SELBST AN.
– RÜHR DAS GELD NICHT AN, VINCENT. WIR HABEN DAS DING ZU ZWEIT GEDREHT.
– KOMM UND GUCK'S DIR AN, SAGE ICH. DANN WIRST DU SCHON SEHEN, OB DIR DIE SACHE IMMER NOCH SCHMECKT.
– MORGEN FRÜH UM NEUN. BIST DU DANN SCHON WACH?

WAR'S EIN MÄDCHEN, DAS ANGERUFEN HAT?
FRAGST DU MICH DAS JETZT JEDES MAL, WENN'S KLINGELT?

SUCH DIR EIN MÄDCHEN, WENN ICH DICH NICHT MEHR NERVEN SOLL.
ICH WILL KEINS. DAS SIND BLÖDE ZIEGEN.
SCHLUCK DAS RUNTER, GRÉGOIRE. HÖRST DU?
ICH SCHLUCK'S RUNTER.
SAG, DASS DU ES NICHT GESAGT HAST.
ICH HAB ES NICHT GESAGT.
GUT.

DEINE BRÜDER HABEN ALLE FRAUEN. NUR DU NICHT. DABEI BIST DU SO EIN NETTER KERL. WIRKLICH SCHADE.
DIE MÄDCHEN FINDEN MICH NICHT NETT. BIN ZU DÜRR, HABE ZU GROSSE OHREN UND SEHE AUS WIE EIN IDIOT.
HÖR NICHT AUF SIE. WENN SIE DAS SAGEN, SIND ES BLÖDE ZIEGEN.
SIEHST DU.
VERWIRR MICH NICHT, GRÉGOIRE.

DIENSTAG, 24. JUNI,
AM MORGEN.

VINCENT?

NICOLAS
POLIZEI? ICH MÖCHTE EINE LEICHE MELDEN ...
BLEIBEN SIE DRAN ... WIR VERBINDEN SIE ...
ICH WILL DOCH BLOSS EINE LEICHE MELDEN ...

ER SETZT SICH IN EINE UM DIESE ZEIT MENSCHENLEERE GRÜNANLAGE (IRGENDEINE, ZUM BEISPIEL DEN KLEINEN PARK AM UNTEREN ENDE DER RUE MOUFFETARD, MIT BLICK AUF DIE KIRCHE SAINT-MÉDARD), MACHT DIE TASCHE AUF UND KRAMT DARIN. HASTIG HOLT ER DIE BÜCHER, BROSCHÜREN UND SCHACHTELN HERAUS UND LEGT SIE AUF DIE BANK. FINDET DIE HÜLLE MIT DEN AUSWEISEN, ZÄHLT DAS GELD. ZIEHT SEINE JACKE AUS UND LÄSST DIE KOHLE IN EINER IM RÜCKENFUTTER EINGENÄHTEN TASCHE VERSCHWINDEN. ENTDECKT DIE AUFGEKLEBTEN HAARE, DAS FLÄSCHCHEN MIT BLUT, DIE SCHWARZE SCHACHTEL.

„WAS ANDERES, ZIEMLICH WIDERLICHES, GRÉGOIRE. DIE TASCHE VON DEM ALTEN IST DIE BÜCHSE DER PANDORA. DA SIND SÄMTLICHE ÜBEL DER WELT DRIN."

GEGEN ELF UHR. GRÉGOIRE STREUNT VOR VINCENTS HAUS HERUM. ÜBERALL BULLEN, GESCHÄFTIGES TREIBEN, BLAULICHTFAHRZEUGE, NEUGIERIGE, PASSANTEN.
MAN SIEHT ADAMSBERG IN DEM VERWÜSTETEN ZIMMER, IN DEM DER MORD GESCHEHEN IST (ADAMSBERG IST DER ERMITTELNDE KOMMISSAR). ER KNIET NEBEN DER LEICHE, BEUGT SICH ÜBER SIE UND BESIEHT SICH DIE SCHNITTWUNDEN AUF VINCENTS LINKEM OBERSCHENKEL. VIER SCHNITTWUNDEN, DIE EINE RECHT SCHEMATISCHE ZEICHNUNG ERGEBEN. UM IHN HERUM DER FOTOGRAF, DIE TECHNIKER, DER GERICHTSMEDIZINER, DER EBENFALLS NEBEN DER LEICHE KNIET, UND, STEHEND, LIEUTENANT DANGLARD.

ICH GEH MAL EIN PAAR SCHRITTE.
DAS IST DER KERL VON OBEN. DER MOTORRADFAHRER.
DAS MUSSTE JA SO KOMMEN.
DIESER VERDAMMTE TÜRCODE, KEIN VERLASS AUF DIE DINGER.
NIE EIN GUTEN TAG ODER GUTEN ABEND ODER SONST WAS. DAS MUSSTE JA SO KOMMEN. HIELT SICH FÜR WAS BESONDE-RES.
BESCHWEREN NÜTZT DA NICHTS.
ER BESCHWERT SICH NICHT. ER IST TOT.

GESTERN ABEND ZWISCHEN EINUNDZWANZIG UND ZWEIUNDZWANZIG UHR. SPÄTESTENS ZWEIUNDZWANZIG UHR DREISSIG.
ER HAT DREI MESSERSTICHE IM BAUCH, VON EINER UNGEFÄHR FÜNFZEHN ZENTIMETER LANGEN KLINGE.
NACH DER TIEFE DER WIEDERHOLTEN EINSTICHE ZU URTEILEN, WAR ES EIN MANN. SEHR BRUTAL, EIN PROFI.
UND DIE SCHNITTE?
POLICE

JA, DIE SCHNITTE, VIER AUF DEM LINKEN OBERSCHENKEL. SIE SIND DURCH DIE HOSE GEDRUNGEN, DAS FLEISCH WURDE AUFGERITZT.
UND WOANDERS KEINE?
NUR AUF DEM OBERSCHENKEL.
ICH RUF DICH AN.
ICH HÖRE.
NICHT SONDERLICH RÄTSELHAFT. ER HAT EINE AKTE. NOTORISCHER RÄUBER. VINCENT OGIER, FÜNFUNDZWANZIG JAHRE ALT. ANGEFANGEN HAT ER MIT FÜNFZEHN IN DER BANLIEUE VON TOURCOING. AUTORADIOS, MOFAS, CDS, ALLES, WAS IHM UNTER DIE FINGER KAM. MIT ACHTZEHN ZWEI MONATE AUF BEWÄHRUNG. WIRD RÜCKFÄLLIG. MIT ZWANZIG DREI MONATE GEFÄNGNIS WEGEN RAUBÜBERFALLS. ERNEUT RÜCKFÄLLIG. MIT DREIUNDZWANZIG SECHS MONATE GEFÄNGNIS. SEITHER NICHTS. ER ARBEITET NICHT, IST ABER AUCH NICHT ARBEITSLOS GEMELDET. WOVON ER LEBT, IST NICHT BEKANNT.

WOHNT ER SCHON LANGE HIER?
EIN PAAR MONATE.
UND VORHER?
IN SEINE-SAINT-DENIS.
KEINE FREUNDIN?
JEDENFALLS NICHT HIER BEI IHM.
AGIERT ER ALLEIN?
ER ARBEITETE IN EINER BANDE. WIR HABEN SEIN ADRESSBUCH, VERSUCHEN WIR'S IN DIESER RICHTUNG. RAUBÜBERFALL, STREIT MIT EINEM KOMPLIZEN, UND ABRECHNUNG.
SO SEHEN SIE ES?
SIE NICHT?
ICH WEISS NICHT.

DER MÖRDER HAT DIE GESAMTE WOHNUNG AUF DEN KOPF GESTELLT, ER HAT SEINEN ANTEIL GESUCHT, DROGEN, GELD. WAS SONST?
DIE SCHNITTE AUF DEM BEIN. ICH VERSTEH DAS NICHT.

– ICH WEISS NICHT. ICH WÜRDE EINEM TYPEN NICHT DEN OBERSCHENKEL AUFRITZEN. ICH WÜRDE MICH MIT DEM HALS BEFASSEN. WAS HAT DIE HAUSDURCHSUCHUNG ERGEBEN?

– ICH HÄTTE MIR DEINE SCHNITTE OHNEHIN ANGESEHEN. FÜR GEWÖHNLICH SCHLUDERE ICH NICHT BEI MEINEM JOB.
– MACH, BEVOR DU IHM DIE HOSE AUSZIEHST, EINE AUFNAHME DER SCHNITTWUNDEN, EINS ZU EINS. BEVOR DU IHM DIE HOSE AUSZIEHST.
– HAST DU SCHON EINE IDEE?
– NEIN. ICH WEISS NICHT. ICH FRAG MICH NUR SO SACHEN.

HAST DU FREI? KÖNNEN WIR WAS ZUSAMMEN ESSEN?

– DU SCHÄMST DICH, ODER? WEIL ICH NICHT DEINE SCHNÖSEL-KLAMOTTEN TRAGE UND NICHT AUSSEHE WIE DU – EIN BRAVER BÜRGER, DER ZUR WAHL GEHT?

– HALT DIE KLAPPE, GRÉGOIRE, ODER HAU AB. ICH HABE KEINE LUST, MEINEN JOB ZU VERLIEREN, KAPIER DAS ENDLICH. UND TYPEN WIE DU SIND NICHT GERADE EIN AUSHÄNGESCHILD.

– ER SUCHT NOCH.
– KENNST DU JEMANDEN, DER IM THEATER SCHON MAL GEFUNDEN HAT?

– SEIN BRUNNEN WÄCHST. ER IST SCHÖN.
UND ICH SAG DIR WAS, GUILLAUME. ER IST SOGAR DAS SCHÖNSTE, WAS ICH JE GESEHEN HAB.
– VERGISS NICHT, WIR HABEN NICHT VIEL GESEHEN. WIR HABEN SOGAR FAST NICHTS GESEHEN.
– STIMMT. ER SAGT, IN EINEM HALBEN JAHR IST ER FERTIG. GLAUBST DU DAS?
– PACK NOCH EIN JAHR DRAUF. UND WEISST DU, WAS ER MACHEN WIRD, WENN ER FERTIG IST MIT DEN VIER STRÖMEN?
– SUCHT ER SICH DANN EINEN JOB?

– NUR EINER KANN ES VON IHM HABEN.

– SONST?
– SONST SCHLAG ICH DICH, ICH MACH DICH FERTIG, ICH SPERR DICH IN DEINE BUDE, BEVOR MAN DICH IN DEN KNAST STECKT.
– UND WARUM TUST DU ES NICHT?
– DU BIST NICHT MEIN HUND. ICH KANN DICH NICHT AN DIE LEINE LEGEN.

GRÉGOIRE HOLT DIE KLEINE SCHWARZE SCHACHTEL AUS SEINER JACKENTASCHE UND LEGT SIE MIT SPITZEN FINGERN AUF DEN TISCH.

ICH WOLLTE DIR BLOSS WAS ZEIGEN. DU KENNST DICH DOCH EIN BISSCHEN AUS MIT KÖRPERLICHEN SACHEN.
WAS IST DAS?
– EBEN DAS WEISS ICH NICHT.
– WOHER STAMMT ES?
– HAB ICH GEFUNDEN.
– HAST DU GEFUNDEN, NA KLAR.
VERÄRGERT NIMMT GUILLAUME DIE SCHACHTEL UND ÖFFNET SIE.
– VORSICHT, IST NICHT SEHR SAUBER.
ER SCHÜTTET DEN INHALT AUF EINE SERVIETTE. ER HEBT DEN KOPF, SIEHT GRÉGOIRE AN.
– IN WAS FÜR EINE SCHWEINEREI BIST DU DA HINEINGERATEN?
– GENAU DAS FRAGE ICH DICH. WAS IST DAS?
– ZAHNSPLITTER.
– VON MENSCHEN?
– JA.
– SCHEISSE.

WAS HAST DU DENN GEDACHT?
DASS SIE VOM HUND ODER VOM SCHWEIN SIND, IRGENDWAS ANDERES.
HAST DU BEMERKT, WAS HIER FAUL IST, GRÉGOIRE?
DIESE ZÄHNE SIND FRISCH. GANZ FRISCH.
WOHER HAST DU DAS, VERDAMMT?
– ICH KANN ES DIR NICHT SAGEN.
– WOHER STAMMT DAS, HERRGOTT?
– AUS EINER TASCHE, DIE ICH GEFUNDEN HAB.
– DIE DU GEKLAUT HAST.
– DA WAREN AUCH NOCH VOGELKNOCHEN DRIN UND HAARSTRÄHNEN UND EIN TIERSCHÄDEL UND MÜNZEN UND ASTROLOGIEBÜCHER.

– GLAUBST DU, DASS DIE ZERSTOSSENE ZÄHNE VERWENDEN?

– VOR ALLEM HAARE, FÜR VOODOO-PUPPEN, DIE MAN DURCHBOHRT, UND FÜR LIEBESTRÄNKE, DIESEN GANZEN KRAM.

– JA, UND ZÄHNE?
– ICH HAB KEINE AHNUNG, GRÉGOIRE. MÖGLICH IST ES.
– UND WIE BESCHAFFT MAN SICH ZÄHNE?
– WENN ES WEISHEITSZÄHNE SIND, IST ES NICHTS BESONDERES. UND WENN DU DAS ZEUG VON EINEM HELLSEHER GEKLAUT HAST, SCHMEISS ES DOCH WEG. WAS MACHT DIR DENN SORGEN?
– ICH WILL WISSEN, OB DER KERL GEFÄHRLICH IST.
– ZUMINDEST FÜR DEN VERSTAND. UND DAS REICHT JA SCHON.

FÜNFZEHN UHR. GRÉGOIRE FÄHRT NACH HAUSE.
IN SEINER BUDE VERSTECKT ER DIE TASCHE TIEF IM ALTEN KÜCHENHERD. IN DER FERNE HÖRT MAN GRATIEN, WIE ER EINEN TEXT LERNT. DRITTER AKT, VIERTE SZENE.
GRÉGOIRE, KANNST DU MICH HEUTE ABEND ABHÖREN?
HEUTE ABEND BIN ICH NICHT DA. MORGEN. WARST DU BEIM VORSPRECHEN?
IST SCHIEF-GELAUFEN.
WARST DU SCHLECHT?

ICH WAR GUT. ABER DA WAR SO EIN BLONDER. SIE HABEN IHN GENOMMEN. ALLES EINE FRAGE DES ANGEBOTS.
ACH JA?
TYPEN WIE UNS, GRÉGOIRE, DUNKELHÄUTIGE MIT BRAUNEN AUGEN, DUNKLEN BRAUEN UND BRAUNEM HAAR GIBT'S UNENDLICH VIELE AUF DER WELT. BRAUCHST DICH BLOSS ZU BÜCKEN UND SIE AUFZUSAMMELN. MIT UNS IST ES WIE MIT ALLEN DINGEN: MASSE ERZEUGT GLEICHGÜLTIGKEIT, ÜBERFLUSS RUFT LANGEWEILE HERVOR. DAMIT SIND DIE DUNKLEN DEKLASSIERT, SIE KRIEGEN DAS ETIKETT „NULLACHTFÜNFZEHN" VERPASST. UNGEFÄHR SO, WIE WENN MAN GAUTHIERS KARTOFFELN MIT DATTELN IN KLEINEN SCHÄLCHEN VERGLEICHEN WÜRDE. KANNST DU MIR FOLGEN? MAN MUSS SICH ERGO KLARMACHEN, DASS SICH AUF DIESER WELT JEDER DUNKELHÄUTIGE MIT DUNKLEN AUGEN – ICH SPRECHE HIER NICHT VON DEN DUNKELHÄUTIGEN MIT HELLEN AUGEN, DA GIBT'S EINEN UNTERSCHIED – , DASS SICH ALSO JEDER DUNKELHÄUTIGE MIT DUNKLEN AUGEN, WILL ER ETWAS EINZIGARTIGES, AUSSERGEWÖHNLICHES, MEISTERHAFTES WIE DER BLONDE BLAUÄUGIGE DARSTELLEN, VERDAMMT ABRACKERN MUSS. DAS GLEICHE GILT FÜR DIE DUNKELHÄUTIGEN MÄDCHEN, WIR BEFINDEN UNS ALLE IN

DER GLEICHEN LAGE, WIR GEHÖREN ZUM MASSENSORTIMENT. SCHÜTTGUT EBEN. DER RIESIGE WELTENSACK MIT DEM SCHÜTTGUT DER DUNKELHÄUTIGEN. DIE VORRATSKAMMER. UND DANEBEN DIE KLEINEN SCHÄLCHEN MIT DEN BLONDEN BLAUÄUGIGEN. NATÜRLICH GUCKEN ALLE AUF DAS SCHÄLCHEN, UND DEN DUNKELHÄUTIGEN TRIFFT ES HART.
VERGISS NIE, DASS EIN IRRER EINES TAGES DIE SCHÄLCHEN AN DIE SPITZE DER WELT BEFÖRDERN WOLLTE. DAMIT DAS UNIVERSALE SCHÜTTGUT NACH OBEN KOMMT, MUSS MAN KÄMPFEN. DAS ERST WIRD DIE MENSCHHEIT SEIN. ABER WÄHREND WIR DRAUF WARTEN, TIEF UNTEN IM GROSSEN SACK DER DUNKELHÄUTIGEN – DENN WENN DU NOCH DAZU PLEITE BIST, FÄLLST DU IM SCHÜTTGUT GANZ NACH UNTEN, MERK DIR'S, WÄHREND WIR ALSO IM KEUCHENDEN GETÜMMEL WARTEN, MÜSSEN WIR LAUT SCHREIEN, DAMIT MAN UNSER TALENT ERKENNT, MÜSSEN UNS ANSTRENGEN UND AN DER SCHÄRFE UNSERES VERSTANDES ARBEITEN WIE KLÖPPLERINNEN AN IHRER SPITZE. SO WAS KENNT MAN IN DEN SCHÄLCHEN NÄMLICH NICHT.
DAS SOLLTE MICH WUNDERN. DEINE SCHÄLCHEN GIBT'S DOCH GAR NICHT.

- GLAUBST DU?
- ICH KENNE EINEN HAUFEN BLONDER, DIE IN DER DUNKLEN SCHEISSE SITZEN.
- WILLST DU DIE WAHRHEIT WISSEN, GRÉGOIRE?
- WEISS NICHT.
- INTERESSIERT'S DICH NICHT?
- ICH HÖR NICHT AUF ALLES, WAS DU ERZÄHLST. DU REDEST DIE GANZE ZEIT.

- DIE WAHRHEIT IST, DASS DER BLONDE BEIM VORSPRECHEN BESSER WAR ALS ICH.
- DAS IST DOCH NICHT GESAGT.
- ES HATTE NICHTS MIT DEM SCHÜTTGUT ZU TUN.
- DU BIST EBEN NICHT IN FORM.
- GENAU.

„SCHLIESSLICH WURDE MIR DAS CHAOS MEINER GEDANKEN HEILIG. ICH TAT NICHTS, LEBTE WIE IN EINEM SCHWEREN FIEBER: NEIDISCH SAH ICH AUF DIE GLÜCKSELIGKEIT DER TIERE, DIE RAUPEN, DIE DIE UNSCHULD DES VORHIMMELS SYMBOLISIEREN, DIE MAUL-WÜRFE IN IHREM SCHLAF DER JUNGFRÄULICHKEIT. IN MEINEN CHARAKTER MISCHTE SICH BITTERKEIT."

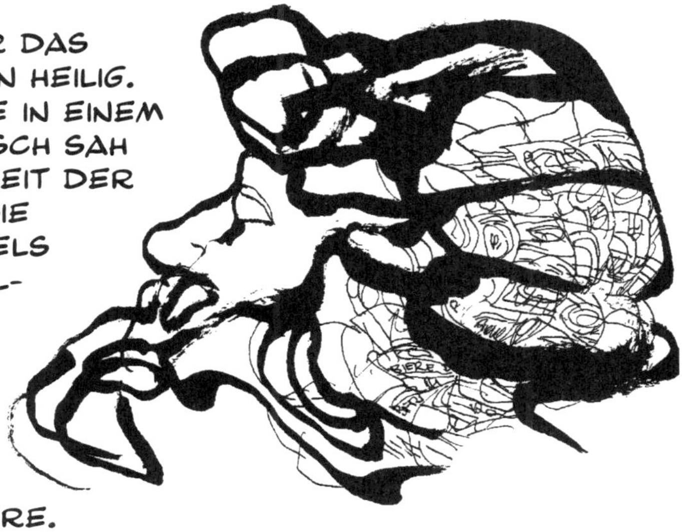

MACH DU WEITER, GRÉGOIRE.

– ICH ERINNERE MICH NICHT MEHR. GLAUBST DU, ICH HAB NICHTS ANDERES ZU TUN?

– UND DANN?
– HERRGOTT, GRÉGOIRE! AUF DIESE WEISE ERSCHAFFT MAN DAS UNIVERSALE SCHÜTTGUT!
– IST MIR EGAL. ICH GLAUB NICHT DRAN.
– NIEMAND GLAUBT DARAN, MEIN LIEBER. ABER MAN MUSS SO TUN, ALS WÜRDE MAN DRAN GLAUBEN, GENAU DAS IST DER TRICK DABEI, DIE WAHRE HELDENTAT.
– ICH BIN KEIN HELD. ICH GEH JETZT, GRATIEN.
– ICH ZÄHLE AUF DICH MORGEN.
– ICH WERD'S VERSUCHEN.

ICH KOMME VIELLEICHT SPÄT. WARTET NICHT AUF MICH.
GEHST DU WEG? EIN MÄDCHEN?
EIN DUTZEND MÄDCHEN.
DU WILLST MICH BLOSS VERWIRREN, GRÉGOIRE.
GEHST DU IN DIE STADT? KANNST DU MIR ZWEI BÜCHER MITBRINGEN?

ICH HAB NICHT ALLZU VIEL ZEIT, GAUTHIER. ICH HAB ZU TUN.
– ICH HAB DIR DIE TITEL AUFGESCHRIEBEN. „FUTTERERBSEN. PRÜFSTEIN FÜR DIE LANDWIRTSCHAFT EUROPAS VON MORGEN", UND „STRATEGIEN DER BODENBEARBEITUNG: ERST DENKEN, DANN HANDELN".
– BIST DU SICHER, DAS GELÄNDE HIER EIGNET SICH DAFÜR?
– NATÜRLICH.
HAST DU SIE NOCH ALLE, GAUTHIER? HAST DU DEINE ERDE GESEHEN? ICH MEINE, HAST DU SIE DIR MAL RICHTIG ANGEGUCKT? ZWEITAUSENDFÜNFHUNDERTZWEIUNDZWANZIG QUADRATMETER BESCHISSENES BRACHLAND VOLLER SCHOTTER, SCHERBEN UND NÄNÄGEL.

NÄGEL. EISENNÄGEL.
NA UND, ICH SAGE „NÄNÄGEL". WAS DAGEGEN? NÄNÄGEL, RÄRÄDER, KÄKÄLBER! DAS BERUHIGT MICH.

DU BIST GEREIZT, GRÉGOIRE, NERVÖS. IRGENDWAS STIMMT NICHT MIT DIR. DU SOLLTEST EIN MÄDCHEN FINDEN.
ABER IN WAHRHEIT HEISST ES „NÄGEL".
DIE WAHRHEIT IST, DASS DAS HIER NICHT DAS SPRUNGBRETT DER EUROPÄISCHEN LANDWIRTSCHAFT IST. IN DEN LETZTEN VIER MONATEN HAB ICH DIR SCHON „DIE KARTOFFELKRANKHEITEN" MITGEBRACHT, MIT ALLEN EINSCHLÄGIGEN DIAS, DAS „HANDBUCH FÜRS SPRITZEN UND VERTIKUTIEREN" UND ICH WEISS NICHT WAS NOCH FÜR 'N SCHLAUES BUCH ÜBER DIE MELIORATION VON BÖDEN. SCHEISSE, MACH DIE AUGEN AUF! SIEH'S DIR AN, DEIN STÜCK LAND! EINE JÄMMERLICHE BRACHE ZWISCHEN MÜLLKIPPE UND AUTOBAHNZUBRINGER, DIE KEIN MENSCH WILL! DU BEGREIFST JA NICHT MAL, DASS WIR BLOSS ARME SCHWEINE SIND, GANZ UNTEN IM SCHÜTTGUT DER DUNKELHÄUTIGEN!
DU BIST WÜTEND, GRÉGOIRE. DAS GIBT DIR NICHT DAS RECHT, DEINEN BRUDER ZU ENTMUTIGEN.
DIESES STÜCK LAND KANN ICH EINES TAGES VERGRÖSSERN.
ABER DAS SCHAFFST DU BESTIMMT NICHT, INDEM DU ALLES MÖGLICHE IN DEINEN KOPF REINSCHAUFELST.

– DOCH, GENAU, GRÉGOIRE. DIESES STÜCK LAND IST KEIN HAUFEN SCHOTTER, ICH MACH ES SAUBER, ICH DÜNGE ES. WAS GLAUBST DU DENN? DASS ICH DÄUMCHEN DREHE?
– UND WOMIT DÜNGST DU ES? MIT HÜHNERDRECK?
– MIT DEINER SCHEISSE, STELL DIR VOR. ODER WO, GLAUBST DU, SCHÜTTE ICH DEN KÜBEL AUS? AUF DER MÜLLKIPPE NEBENAN?

– KLAR, WO SONST?

– EBEN NICHT. GLAUBST DU ETWA, DEN GEB ICH EINFACH SO HER?

– GAUTHIER! DU SCHMIERST DEN KOT UNSRER FAMILIE AUF DEINE ERDE?

– NA KLAR.

– ABER ES MACHT FRUCHTBAR.

DU BIST MIR ZU PRAKTISCH, GAUTHIER. DU NERVST MICH.
– DENKST DU EIGENTLICH NACH, BEVOR DU HANDELST?
– WEISS NICHT, IST MIR EGAL.
BEVOR DU JEMANDEN AUSRAUBST? ERKUNDEST DU VORHER DEN ORT? SUCHST DU DIR DIE ALTE FRAU GENAU AUS?
– ICH RAUBE NIEMANDEN AUS. UND AN FRAUEN VERGREIF ICH MICH AUCH NICHT.
WIE SCHÖN. WIR BRABANS HABEN NOCH EHRE IM LEIB.
TROTZDEM. DENK VORHER NACH. EINES TAGES KOMMST DU INS STRAUCHELN UND FLIEGST
VOLL AUF DIE SCHNAUZE, NOCH BEVOR DU DEN BUMERANG ZURÜCKKOMMEN SIEHST.
SCHON PASSIERT.
– SIEHST DU.
BESORG MIR DIE BÜCHER, GREG.

UND FALLS DU MEIN ROTGEFIEDERTES HUHN SIEHST, DU WEISST SCHON, DAS ZWERGHUHN, CALAMITY JANE, BRING'S HER, FREIWILLIG ODER MIT GEWALT.
IST ES SCHON WIEDER ABGEHAUEN?
JA. MEISTENS LÄUFT ES RICHTUNG STADT. ICH VERMUTE, ES HAT NUR EINS IM KOPF: EINE WELTREISE.
ICH SAG'S JA, ES HAT EINE WESTERN-SEELE. UND DA EIN HUHN STETS NUR EINEN GEDANKEN GLEICHZEITIG HAT, FÄNGT ES IMMER VON NEUEM DAMIT AN. IN DER ZEIT LEGT'S AUCH KEINE EIER. DA IST ES VOLLKOMMEN BLOCKIERT.
– SEIN NEST IM FUTTERNAPF BAUEN UND KILOMETER SCHRUBBEN, DAS PASST NICHT ZUSAMMEN.
– LOGISCH.

– GRÉGOIRE STELLT KEINE DUMMHEITEN AN. DEM SPUKEN BLOSS DIE MÄDCHEN IM KOPF HERUM. UND NENN DEINEN BRUDER NICHT EINEN RÄUBER, DAS SCHMECKT MIR NICHT.
– ES IST DIE WAHRHEIT, DAS WEISST DU SO GUT WIE ICH.
– ICH BEHAUPTE NICHT, DASS ER MIT SECHZEHN NICHT DIE EINE ODER ANDERE DUMMHEIT GEMACHT HAT. DAS SIND ALTE GESCHICHTEN. ES IST NICHT SEHR NETT VON DIR, DAUERND DARAUF RUMZUREITEN.
– WOHER, GLAUBST DU DENN, HAT GRÉGOIRE GELD?
– NA, VON DEN PIZZAS. ER LIEFERT DOCH PIZZAS AUS.

RER RICHTUNG PARIS, GRÉGOIRE STEIGT AN DER STATION LUXEMBOURG AUS. SCHNELL EINEN UMWEG, DIE VERDAMMTEN BÜCHER FÜR GAUTHIER KAUFEN. UM FÜNF STEHT ER VOR DEM HAUS DES ALTEN. HINTER EINEM BAUM VERSTECKT, WARTET ER, LAUERT, LIEST („FUTTERERBSEN. PRÜFSTEIN FÜR ..."). UM SECHS KOMMT DER ALTE AUS DER TÜR UND GEHT NACH RECHTS DIE STRASSE HINUNTER. GRÉGOIRE ROLLERT HINTER IHM HER. IMMER LANGSAM, ABSTAND HALTEN, DER SCHÄDEL DES ALTEN IST VON WEITEM GUT ZU ERKENNEN.

DER ZWEIFEL PLAGT
DIE GEWISSHEIT BEHAGT
MEISTER FÉRÉAL
LEITET SIE
LIEBE GELD WAHRHEIT
ERSTE SITZUNG
GRATIS
GEBURTSHOROSKOP

UUiii
UUUiiUU

ICH BIN'S.
DU HAST NICHT BESCHEID GESAGT. ICH HÄTTE NICHT DA SEIN KÖNNEN.
UND WARUM NICHT?
DU KOMMST DOCH IMMER DONNERSTAGS VORBEI.

– NEIN, GROSSVATER.
– ALLER ÄRGER KOMMT VON DEN MÄNNERN. UND VON DEN BÜCHERN. DU WEISST DOCH, DASS ÄRGER AUCH VON DEN BÜCHERN KOMMT. WEISST DU DAS, ESTELLE?
– JA.
– ICH WILL HIER KEINE BÜCHER SEHEN, AUSSER DENEN, DIE ICH DIR LEIHE.
– ICH WEISS, GROSSVATER.
– DU BIST VERNÜNFTIG, MEINE KLEINE ESTELLE. GIB MIR MEINEN KUSS.

SAG DEN SATZ.
DIESER KUSS IST KEIN FLEISCHLICHER AKT. ER SYMBOLISIERT GEMEIN-SCHAFT, REINHEIT UND GEHORSAM.
HIER, DEINE WOCHE.
ESTELLE, MEINE SÜSSE, ICH BRAUCHE DICH. ICH BIN ANGEGRIFFEN WORDEN. SCHWER. DU WEISST: NIEMAND GREIFT UNGESTRAFT DAS GROSSE PRINZIP AN, DAS SICH DURCH MEINE HANDLUNGEN KUNDTUT ... FAHR FORT, ESTELLE.
... UND SICH DURCH DEINEN GEIST OFFENBART.
GUT. DU MUSST MIR EINEN DIENST ERWEISEN.
DEN LETZTEN MOCHTE ICH NICHT BESONDERS.
NUR EINE KLEINIGKEIT. EINE SIMPLE KLEINE FALLE, IN DIE DER ANGREIFER TAPPEN SOLL. GESTERN HABEN MICH ZWEI JUNGE KERLE ÜBERFAL-LEN UND MIR MEIN EIGENTUM GESTOHLEN. MEIN EIGENTUM, ESTELLE, UND MEIN GELD. ALSO AUCH DEIN GELD, MEINE SÜSSE.

ZWEI VON DIESEN KLEINEN GANOVEN, DIE SICH AN SCHWÄCHEREN VERGREIFEN. DU HAST DOCH KEIN MITLEID MIT SOLCHEN LEUTEN, ESTELLE?
NEIN, GROSSVATER.
EINER VON IHNEN HAT MEINE TASCHE.
UND DIESE TASCHE, ESTELLE, ENTHÄLT AUFZEICHNUNGEN ÜBER DAS GROSSE PRINZIP, DIE AUF KEINEN FALL IN BEFLECKTE HÄNDE GERATEN DÜRFEN. WEISST DU DAS, ESTELLE? ICH HAB DIE ADRESSE VON DEM KLEINEN DRECKSKERL, ABER ER WOHNT IN EINER ÜBERVÖLKERTEN BUDE. MINDESTENS FÜNF MÄNNER UND ZWEI FRAUEN, UND DREI DER MÄNNER SIND FAST STÄNDIG DA. EIN SCHWACHKOPF, ABER GROSS UND KRÄFTIG, DER DIE BRACHE UMGRÄBT, EIN IDIOT, DER VERSE AUFSAGT, UND EIN ALTER, DER DEN GANZEN TAG MÜLLZEUG ZU EINER RIESIGEN SKULPTUR VERBAUT. UNMÖGLICH, SICH DA ZUGANG ZU VERSCHAFFEN UND DEN BENGEL ZU SCHNAPPEN.
– UND WENN ER RAUSKOMMT?
– WENN ICH IHN ANSPRECHE, WIRD ER MICH WIEDERERKENNEN. UND ENTWISCHEN. VIELLEICHT SCHLÄGT ER MICH. ER WIRD MICH VERLETZEN. UND DAS WILLST DU DOCH NICHT, ESTELLE?

– DU BIST SCHÖN, MEINE SÜSSE. ER IST EIN DÜRRER, UNGEHOBELTER DUMMKOPF. MIT DEM WIRST DU LEICHT FERTIG.
– DU WIRST IHM DOCH NICHT WEHTUN?
– IMMER NOCH ZU EMPFINDSAM, ESTELLE, VIEL ZU SEHR! ALS KIND HAST UM EINEN TOTEN VOGEL GEWEINT. DABEI FOLGT ALLES DEM PLAN DES GROSSEN PRINZIPS. GEFÜHL IST EIN KÖDER, DEN DER USURPATOR DEN MENSCHEN EINGEPFLANZT HAT, UM SIE INS VERDERBEN ZU STÜRZEN. WISCH DEN TRÄNENSCHLEIER IN DIR FORT. WENN DU MEINE NACHFOLGERIN WERDEN WILLST, ESTELLE – UND DU TRÄGST DIE REINHEIT FÜR DIESE GROSSE AUFGABE IN DIR –, DANN BEFREI DICH VON SOLCHEN GEFÜHLEN. WIR WERDEN UNSERE SITZUNGEN WIEDER AUFNEHMEN. ICH HABE DICH IN DEN LETZTEN MONATEN ZU SEHR VERNACHLÄSSIGT.
– JA, GROSSVATER.
– DER KLEINE KRETIN IST MIR EGAL. NUR MEINE TASCHE IST MIR WICHTIG, UND DIE WIRD ER MIR ZURÜCKGEBEN.
– WEITER NICHTS?
– RACHE, ESTELLE, IST EIN GEFÜHL. GEFÜHLE SIND MIR FREMD. HAST DU DAS VERGESSEN?
– NEIN, GROSSVATER.

– ABER NIMM DICH IN ACHT, ESTELLE. DER BURSCHE ÜBERFÄLLT ALTE LEUTE. ER IST HÄSSLICH UND LINKISCH. LASS NICHT ZU, DASS ER DICH ANFASST. BERÜHR AUCH DU IHN NICHT. LOCK IHN ZU MIR WIE EINEN SCHMETTERLING ZUM LICHT.

MITTWOCH, NEUN UHR MORGENS.
ALSO ENTSCHEIDE DICH. VOR ODER NACH DEM TOD?
FAST GLEICHZEITIG.
WENN DU DICH FESTLEGEN MÜSSTEST?
EINE MINUTE DANACH, EINE HALBE VIELLEICHT.

EINE MINUTE DANACH, EINE HALBE VIELLEICHT. ADAMSBERG LEGT AUF. AUF SEINEM TISCH DIE NAHAUFNAHME DER SCHNITTE, DIE IN VINCENT OGIERS SCHENKEL GERITZT WURDEN. LANGSAM FOLGT ER MIT DEM FINGER DEN LINIEN. VIER SCHNITTWUNDEN, ZWEI SO UND ZWEI SO. BEIGEBRACHT NACH DEM TOD, EINE MINUTE DANACH, EINE HALBE VIELLEICHT. ADAMSBERG LÖST SEINEN FINGER VOM FOTO, LÖST SEINEN BLICK VOM TISCH. IM BÜRO NEBENAN ARBEITET DANGLARD.

FÄLLT NICHT IN UNSER RESSORT. SIE HABEN SIE SELBER WEGGERÄUMT.
WOHIN?
IN DEN METALL-SCHRANK. DANGLARD STEHT AUF, KRAMT IN DER HÄNGE-REGISTRATUR UND ZIEHT EINE SCHMALE MAPPE HERAUS.
GIBT'S WAS NEUES IN SACHEN WIDDER?
NICHT, DASS ICH WÜSSTE.
HABEN WIR IRGENDWAS DAMIT ZU TUN?
ICH GLAUBE NICHT.
ADAMSBERG GEHT AN SEINEN TISCH ZURÜCK, LEERT DIE MAPPE UND BREITET DIE ZEITUNGSAUS-SCHNITTE, DIE FOTOS DER OPFER AUS. DREI OPFER: AM 14. APRIL, AM 20. MAI, AM 8. JUNI.

BESTIALISCHER MORD

14. APRIL

EIN ETWA DREISSIGJÄHRIGER MANN IST AM FREI-
TAGABEND IN SEINER WOHNUNG IN DONMARTIN
(YVELINES) BESTIALISCH ERMORDET WORDEN:
NACHDEM DER MÖRDER IHN MIT EINER GEBOGENEN
KLINGE ZEHN MAL IN HALS UND OBERKÖRPER
GESTOCHEN UND IHN BIS ZUR UNKENNTLICHKEIT
ENTSTELLT HATTE, HINTERLIESS ER EIN ROTES ZEI-
CHEN AUF SEINEM RÜCKEN, DAS IN STILISIERTER
FORM DEN KOPF EINES WIDDERS DARSTELLT (SIEHE
UNSER FOTO). MICHEL LEMONIER, HANDELSATTACHÉ,
FÜHRTE EIN RUHIGES LEBEN, NICHTS SCHIEN IHN

ZWEITES OPFER DES PSYCHOPATHEN AUS DEN YVELINES

20. MAI

WIR ERINNERN UNS AN DEN SCHRECK-
LICHEN MORD AN MICHEL LEMONIER IN
DER NACHT VOM 13. ZUM 14. APRIL IN
DONMARTIN (DEPARTEMENT YVELINES).
LAUT POLIZEIANGABEN KÖNNTE DIE
ERMORDUNG VON MADAME BÉNÉDICTE
TIMON, CHEFSEKRETÄRIN, SECHSUND-
DREISSIG, GESTERN ABEND IN IHRER PARI-
SER WOHNUNG IM 12. ARRONDISSEMENT
DAS WERK DESSELBEN TÄTERS SEIN. DER
MANN, DEN MAN SEITHER DEN „WIDDER"
NENNT, SCHLUG ACHT MAL MIT EINER
SICHEL AUF SEIN OPFER EIN UND ZER-
TRÜMMERTE SEIN GESICHT MIT EINER
KEULE. DER MIT DER ERMITTLUNG BETRAU-
TE POLIZEIOFFIZIER, HAUPTKOMMISSAR
DOUCELET, BESTÄTIGTE, DASS SICH AUF DEM
RÜCKEN DES OPFERS EINE MIT SPRAY AUS-
GEFÜHRTE ROTE ZEICHNUNG BEFINDET, DIE
DERJENIGEN AUF MICHEL LEMONIERS KLEI-
DUNG ÄHNELT. NICHTS LÄSST JEDOCH DAR-
AUF SCHLIESSEN, DASS SIE DEN KOPF EINES
WIDDERS DARSTELLT. ES KÖNNTE SICH EBEN-
SO GUT UM DIE SIGNATUR EINER BANDE
ODER UM EIN KÜRZEL HANDELN, DESSEN
BEDEUTUNG NOCH UNKLAR IST.

DER WIDDER SCHLÄGT EIN DRITTES MAL ZU
8. JUNI
DIE MORDSUCHT DES WIDDERS SCHEINT KEIN ENDE ZU FINDEN. NACHDEM ER IM LAUFE DER LETZTEN ZWEI MONATE EINEN MANN UND EINE FRAU TÖTETE, HAT DER MÖRDER GESTERN EIN DRITTES OPFER GEFUNDEN, RAOUL DEJONQUES, PARIS, 15. ARRONDISSEMENT, DEN ER MIT EINER HIPPE ERSTACH UND MIT EINER KEULE GRAUENHAFT ENTSTELLTE. RAOUL DEJONQUES, VERHEIRATET UND VATER ZWEIER KINDER, WAR MECHANIKER. ER STEHT MIT DEN ANDEREN BEIDEN OPFERN IN KEINERLEI VERBINDUNG. ER WAR ALLEIN, ALS
DER ZWEITE MORD DES „WIDDERS“ STÜRZT DIE HAUPTSTADT IN RATLOSIGKEIT UND SCHRECKEN
8. JUNI
ZUM DRITTEN MAL ZEICHNET DER WIDDER MIT BLUT
DER MÖRDER MIT DER HIPPE, DEN MAN BEREITS DEN „WIDDER“ NENNT, HINTERLÄSST AUF DEM RÜCKEN SEINER OPFER EINE SELTSAME ZEICHNUNG (SIEHE UNSER FOTO). ES IST SICHER VERFRÜHT, DEN KOPF EINES WIDDERS DARIN ERKENNEN ZU WOLLEN. SEIT JENER ERSTEN SPONTANEN DEUTUNG HABEN SICH VERSCHIEDENE SPEZIALISTEN MIT DEM MOTIV BEFASST UND BIETEN NEUE INTERPRETATIONEN AN, DIE EBENSO GUT DES RÄTSELS LÖSUNG SEIN KÖNNTEN: TEUFEL, ZUSAMMENGEROLLTE SCHLANGEN, VERZIERTE INITIALEN, PFEILSPITZE, FRAUENBÜSTE, MÄNNLICHES, ODER AUCH WEIBLICHES, GESCHLECHTSTEIL. DOCH DER BEINAME DES MÖRDERS STEHT NUN SCHON
ADAMSBERG SCHLÄGT DIE AKTE ZU UND HÄNGT SIE UNTER „W“ IN DEN SCHRANK ZURÜCK.

IST QUENTIN NOCH MAL HINGEFAHREN?
JA. ER IST MIT DEN FINGERABDRÜCKEN AUF DEM BOILER NOCH NICHT FERTIG.
ICH GEH HIN. ICH MUSS EIN BISSCHEN LAUFEN.
WAS HABEN SIE IN DER WIDDER-AKTE GESUCHT?
ICH WEISS NICHT.
DOCH. SIE DENKEN AN WAS BESTIMM-TES.
SIE WISSEN GENAU, DASS ICH NIE AN WAS BESTIMMTES DENKE. VIELMEHR DENKEN DIE DINGE AN MICH. UND IM MOMENT DENKT DER WIDDER AN MICH.

GIBT'S EINEN ZUSAMMENHANG MIT OGIER?
KEINEN.
OGIER WURDE NICHT MIT DER HIPPE AUFGESCHLITZT. OGIER WURDE NICHT MIT DER KEULE ENTSTELLT. ER HAT KEINE ZEICHNUNG AUF DEM RÜCKEN. SEIN GANZES ZIMMER WURDE DURCHWÜHLT, WÄHREND BEI DEN ANDEREN NICHTS ANGERÜHRT WURDE. KEINERLEI ZUSAMMENHANG, GANZ KLAR.
– KLAR WIE WAS?
– KLAR WIE WASSER.
– UND WENN ES KLAR WIE KLOSSBRÜHE WÄRE?
DANN WÄRE DIE SACHE SCHON VIEL INTERESSANTER. DA SIND DIESE VIER SCHNITTE AUF DEM BEIN. ICH VERSTEH NICHT, WAS DIE SOLLEN, DAS HATTE ICH SCHON GESAGT. WENN DER MÖRDER OGIER HÄTTE BEEINDRUCKEN WOLLEN, HÄTTE ER IHN IM STEHEN BEDROHT, DAS MESSER AN DER KEHLE. WENN OGIER AUF DEM BODEN GELEGEN HÄTTE, HÄTTE ER IHN FOLTERN KÖNNEN, INDEM ER IHM INS BEIN SCHNITT. ABER DAFÜR HÄTTE OGIER GEFESSELT SEIN MÜSSEN.

DER JUNGE TRÄGT KEINERLEI SPUREN EINER FESSEL. FOLGLICH VERSTEH ICH ES NICHT. UND DIE DINGE, DIE ICH NICHT VERSTEHE, KEHREN IMMER WIEDER ZURÜCK.
– UND WAS ERZÄHLEN SIE?
– SIE SPRECHEN VOM WIDDER. WENN DIESE SCHNITTE KEINE FOLTER WAREN, DANN MÜSSEN SIE EINE ANDERE FUNKTION HABEN. DEN KÖRPER ZU ZEICHNEN, BEISPIELSWEISE. ERINNERN SIE SICH AN DIE SCHNITTE, DANGLARD. SIE VERLETZEN, ABER VOR ALLEM ERGEBEN SIE EINE ZEICHNUNG. MAN MUSS DIE RISSE IN DER HOSE LESEN, NICHT DIE WUNDEN. ERINNERN SIE SICH.

DER LABORBERICHT IST EINDEUTIG. DIESE BEIDEN SCHNITTE WURDEN VON OBEN NACH UNTEN AUSGEFÜHRT – SO. ABER DIESE BEIDEN VON UNTEN NACH OBEN, UND LEICHT NACH AUSSEN – SO. UND DAS, DANGLARD, IST RÄTSELHAFT. ES SEI DENN, DER MÖRDER WOLLTE ZEICHNEN. UND WAS? DIE UMRISSE EINES SCHÄDELS UND ZWEI HÖRNER: DAS ZEICHEN DES WIDDERS.

– ALS GRAUSAMEN MENSCHEN, ALS GEISTESKRANKEN, ABER VOR ALLEM ALS RITUALMÖRDER.

– WAS KÖNNTE DIESEN KERL DAZU BRINGEN, DAS RITUAL NICHT WIE SONST ZU VOLLZIEHEN?

– DIE UNWÜRDIGKEIT DES OPFERS.

– DOUCELET IST NICHT DIESER ANSICHT.

– JA, ER SIEHT IRGENDWAS WEIBLICHES DARIN. ICH HINGEGEN STELLE MIR EINEN TYPEN VOR, HASSERFÜLLT UND ZUGLEICH VON DEN FRAUEN BESESSEN. ER IST UNFÄHIG, IHR GESCHLECHTSTEIL ZU ZEICHNEN, ODER IHRE BRUST. ABER EINEN WIDDER SCHON. EIN WIDDER BEDEUTET MÄNNLICHE ANGRIFFSLUST. UND AUCH EINSAMKEIT, DEN BRUCH MIT DER WELT, DAS ALTE MÄNNCHEN, DAS ALLEIN GEGEN ALLE ANDEREN AUFSTEHT. AN SEINER STIRN PRANGT EINE WAFFE, ER IST ZUM ANGRIFF BEREIT.

– SIE DRIFTEN AB, ADAMSBERG, SIE TRÄUMEN.

– SO IST ES.

– IM FALL OGIER HABEN WIR EINEN STRASSENRÄUBER MIT ELLENLANGEM VORSTRAFENREGISTER, DER VON EINEM KOMPLIZEN UMGELEGT WURDE. WIR HABEN NICHTS, WAS AN DEN WIDDER DENKEN LIESSE.

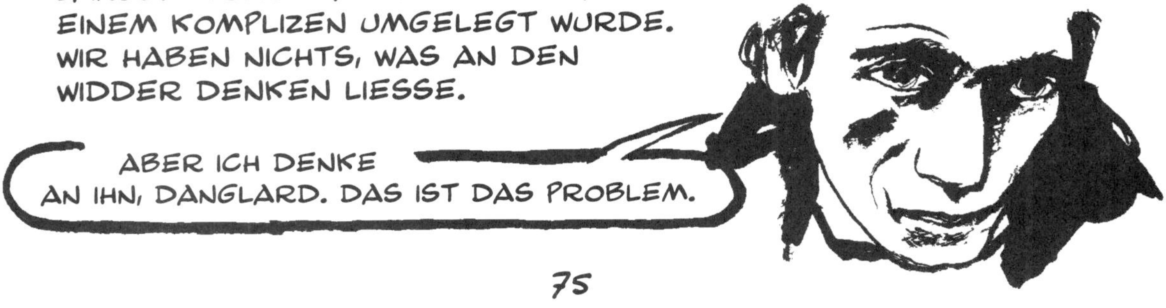

WIE WEIT SIND SIE? WEISS MAN SCHON WAS?
ACH WO ... WEDER GUTEN TAG NOCH DANKESCHÖN. KANNTEN SIE IHN, DEN MOTORRADFAHRER?
GEHEN SIE OHNE MICH RAUF. ICH HABE MEINE MEINUNG GEÄNDERT. WIR SEHEN UNS SPÄTER.
VOM SEHEN.

GRÉGOIRE FÄHRT HERUM UND ERKENNT IHN. DEN BULLEN, DER GESTERN MORGEN VOR DEM HAUS ANWEISUNGEN GEGEBEN HAT. DER BULLE KRAMT IN SEINER JACKENTASCHE UND HOLT SEINEN AUSWEIS HERVOR.

KNAPP ZEHN MINUTEN SPÄTER STEIGT ADAMSBERG AUS DEM WAGEN, ER HÄLT GRÉGOIRE ZIEMLICH FEST AM ELLBOGEN GEPACKT UND ZIEHT IHN MIT SICH. GRÉGOIRE BLEIBT UNSCHLÜSSIG. DEN RECHTEN ARM EINGEKLEMMT, DEN LINKEN FREI, STARRT ER AUF DAS SCHILD AM EINGANG DES GEBÄUDES: KOMMISSARIAT DER KRIMINALPOLIZEI. 5. ARRONDISSEMENT.

– MUSS ICH MEINE SKATES ABMACHEN?, FRAGT ER.

– IST MIR EGAL, SAGT ADAMSBERG. DA, WO WIR HINGEHEN, GIBT'S KEINEN TEPPICH.

BULLENANTWORT, SO RAUSGEHAUEN, BLÖDE.

VIELLEICHT ABER AUCH NICHT. EIN GEMEINER BULLE HÄTTE IHM DIE INLINESKATES ABGENOMMEN, DIE MACHT SO WAS VERRÜCKT. DAS IST, ALS HÄTTE DER MOB FLÜGEL. DEM ABER SIND SIE SCHEISSEGAL. ER WARTET, HÄLT IHN IMMER NOCH AM ARM, SCHAUT IRGENDWOHIN. WAS FÜR 'NE ART BULLE IST DER? WENIGER SCHLIMM? SEHR VIEL SCHLIMMER? GRÉGOIRE KLACKT SEINE RÄDER MIT ZWEI KURZEN BEWEGUNGEN AUS. ER HAT KEINE LUST, WIE EIN GEPÄCKWAGEN DURCH DIE GÄNGE GESCHOBEN ZU WERDEN.

– WEISST DU NICHT, DASS ES EIN ZIEMLICHER FEHLER IST, AM TATORT RUMZUSTEHEN? NEIN, WEISST DU NICHT, DU BIST ZU JUNG. NUN, ICH SAG'S DIR. DIE BULLEN SUCHEN IMMER ZUERST UNTER DEN SCHAULUSTIGEN. WEISST DU, WER DORT ERMORDET WURDE?
– IRGEND SO EIN TYP, MOTORRADFAHRER. 'NE DROGENGESCHICHTE, HABEN SIE GESAGT.
– KANNTEST DU IHN?
– NEIN.
– WO WOHNST DU?
– IN SEINE-SAINT-DENIS.

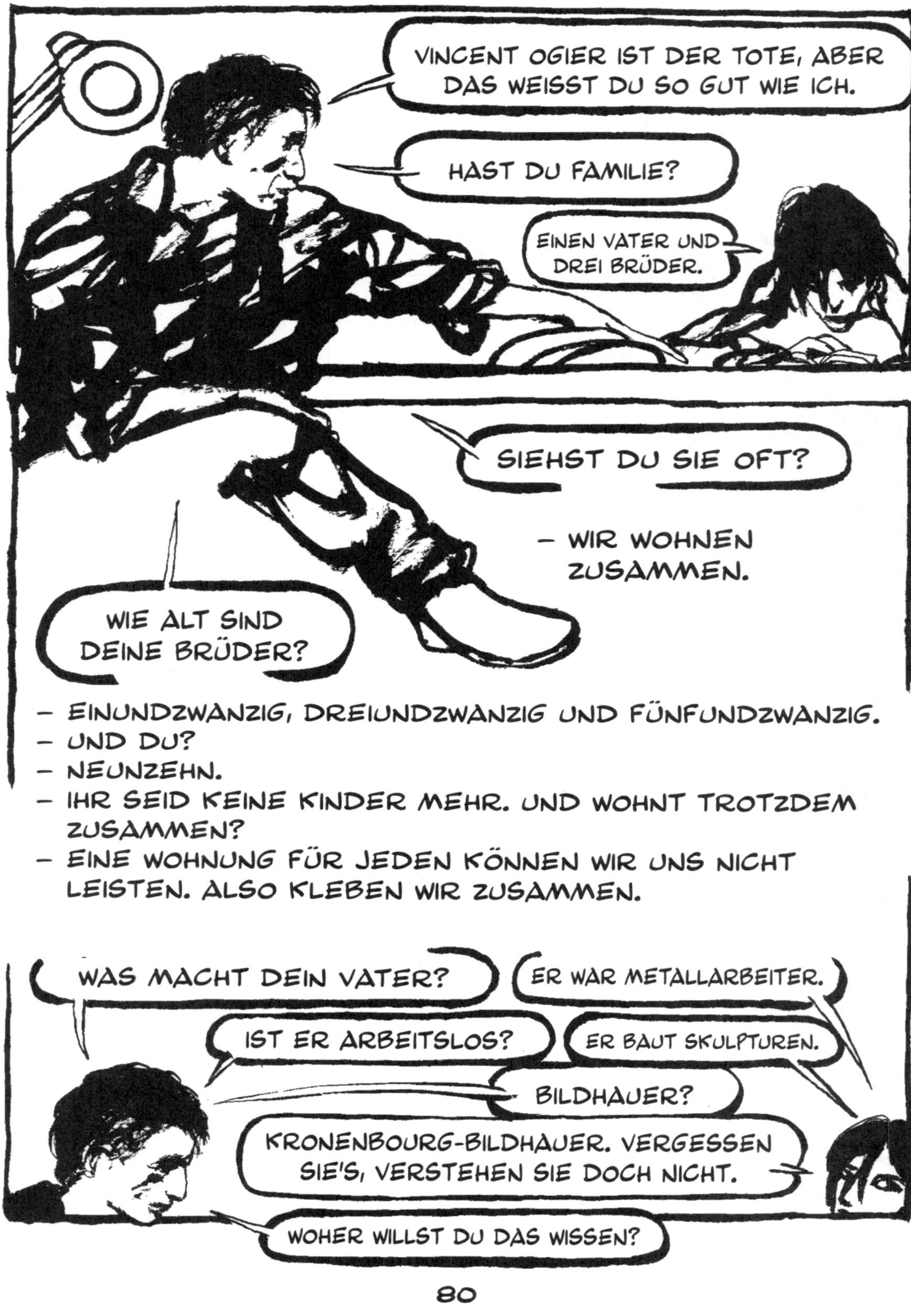
VINCENT OGIER IST DER TOTE, ABER DAS WEISST DU SO GUT WIE ICH.
HAST DU FAMILIE?
EINEN VATER UND DREI BRÜDER.
SIEHST DU SIE OFT?
– WIR WOHNEN ZUSAMMEN.
WIE ALT SIND DEINE BRÜDER?
– EINUNDZWANZIG, DREIUNDZWANZIG UND FÜNFUNDZWANZIG.
– UND DU?
– NEUNZEHN.
– IHR SEID KEINE KINDER MEHR. UND WOHNT TROTZDEM ZUSAMMEN?
– EINE WOHNUNG FÜR JEDEN KÖNNEN WIR UNS NICHT LEISTEN. ALSO KLEBEN WIR ZUSAMMEN.
WAS MACHT DEIN VATER?
ER WAR METALLARBEITER.
IST ER ARBEITSLOS?
ER BAUT SKULPTUREN.
BILDHAUER?
KRONENBOURG-BILDHAUER. VERGESSEN SIE'S, VERSTEHEN SIE DOCH NICHT.
WOHER WILLST DU DAS WISSEN?

– WÄR ZU HOCH FÜR SIE. IST SCHON FÜR NORMALE MENSCHEN ZU HOCH, FÜR EINEN BULLEN ALSO NOCH ZEHN KILOMETER HÖHER. STIMMT DOCH.
– WENN DU MEINST. KANNTEST DU OGIER SCHON LANGE?
ICH KANNTE IHN NICHT. WIR SIND UNS AB UND ZU ÜBER'N WEG GELAUFEN, HABEN WAS GETRUNKEN.
BLOSS SO?
JA.
BEI IHM ZU HAUSE?
IN KNEIPEN.
HAST DU KEINE ARBEIT?
MEIN LEBEN IST GRADE KRAUT UND RÜRÜBEN.
RÜBEN.
ICH SAG RÜRÜBEN. REGT MICH WENIGER AUF.
WIE DU WILLST. SIND MIR EGAL, DIE RÜBEN.
– ALSO MEINEM BRUDER NICHT. DER BAUT WELCHE AN.
– IN STAINS?
– JA, ZWISCHEN NÄNÄGELN UND SCHOTTER. DAVON ESSEN WIR EIN GANZES JAHR LANG. ERBSEN AUCH. DIE SIND ZIEMLICH EMPFINDLICH, WENN'S FUTTERERBSEN SIND.
– DU TRAFST IHN ALSO IM CAFÉ?
– ZUFÄLLIG. WIR HABEN ÜBER MOTORRÄDER GEREDET.
UND EINES MORGENS KOMMST DU ZUFÄLLIG AN SEINEM HAUS VORBEI UND ERFÄHRST ZUFÄLLIG, DASS ER TOT IST?

NEIN. DU WUSSTEST ES VORHER. DU HATTEST MICH AN DER STRIPPE. DAS WAR DEINE STIMME.
JA.
...
WO WARST DU AM MONTAG ZWISCHEN ZWANZIG UND ZWEIUNDZWANZIG UHR DREISSIG?
BEI MEINER FAMILIE, DIE GANZE ZEIT.
WAS IST PASSIERT?
DIENSTAG MORGEN BIN ICH ZU IHM HIN ...
UM ÜBER MOTORRÄDER ZU REDEN.
– JA. ER LAG AUF DEM BODEN, BLUTÜBERSTRÖMT. DA HAB ICH SIE ANGERUFEN. WENN ICH IHN UMGEBRACHT HÄTTE, HÄTTE ICH SIE DOCH NICHT INFORMIERT.
– VIELLEICHT DOCH. WAS IST OGIER DEINER MEINUNG NACH PASSIERT?
– IRGENDEIN BASTARD, DER IHM SEIN GELD KLAUEN WOLLTE. VINCENT KAM DAZU, UND DIE SACHE IST AUS'M RUDER GELAUFEN.

– SEIN GELD? ODER DAS VON JEMAND ANDEREM?
– ICH VERSTEH NICHT, WAS SIE MEINEN.
– DANN SAG ICH'S DEUTLICHER. OGIER RAUBT EINEN TYPEN AUS, DARIN HAT ER ÜBUNG. DER AUSGERAUBTE RAUBT DEN RÄUBER AUS, UND DIE SACHE LÄUFT AUS'M RUDER. EIN STÜCK DER GESCHICHTE HABEN WIR SCHON GEMEINSAM. WIR KOMMEN VORAN.
– ICH WEISS NICHTS. ICH HAB MIT DER SACHE NICHTS ZU TUN.
– ICH DENKE DOCH. DEN ÜBERFALL HAST DU MIT IHM ZUSAMMEN BEGANGEN. UND AM MONTAG WOLLTEST DU DEINEN ANTEIL HOLEN.
– VERFLUCHT, ICH HAB IHN NICHT UMGEBRACHT! ALS ICH IHN FAND, WAR ER SCHON TOT!
– WIR WERDEN JA SEHEN, OB DEINE FINGERABDRÜCKE AUF DEM BOILER SIND.
– ICH HAB IHN NICHT UMGEBRACHT! ICH BIN NICHT WEG AUS STAINS! FRAGEN SIE DOCH MEINE FAMILIE!
DIE ZEUGENAUSSAGE EINER FAMILIE, NOCH DAZU EINER, DIE FEST ZUSAMMENHÄLT, DU WEISST, WAS DIE WERT IST: NICHTS.
ICH BIN KEIN MÖRDER. ICH HAB NICHT MAL EIN MESSER!
– ABER DU BIST EIN RÄUBER. OGIER PLANTE DIE ÜBERFÄLLE, UND DU HALFST IHM BEI DER AUSFÜHRUNG.
... ICH HAB IHN NICHT UMGEBRACHT.

ADAMSBERG GEHT UM DEN SCHREIBTISCH HERUM, SETZT SICH AUF DIE TISCHKANTE.
KEINER AUSSER MIR WIRD DIR GLAUBEN, VOR ALLEM, WENN DU DEN BOILER ANGEFASST HAST. DU MUSST MIR HELFEN, JUNGER MANN. DU MUSST MIR SAGEN, WAS IHR GEKLAUT HABT, UND WEM.
ICH HAB NICHTS GESTOHLEN.
ICH SAG DIR, WAS ICH GLAUBE. ICH GLAUBE, OGIER UND DU, IHR HABT DA VOLL IN DIE SCHEISSE GEFASST. IHR SEID AUF EINE SCHLANGE GESTOSSEN, EINE MAMBA VIELLEICHT. DIE SICH AUF DICH STÜRZEN WIRD, BEVOR DU NOCH DEIN ERSTES GEBET GESPROCHEN HAST.
DU BIST IN GEFAHR, JUNGE, IN ERNSTER GEFAHR. KAPIERST DU? VERSTEHST DU?

– ICH HAB NICHTS GETAN.
– GLAUBST DU, ICH BLUFFE? DAMIT DU REDEST? ICH HAB MIT DEINEN JÄMMERLICHEN RAUBÜBERFÄLLEN NICHTS ZU SCHAFFEN! WOHINGEGEN DER KERL, DER DEINEN KUMPEL UMGELEGT HAT, EIN ANDERES KALIBER IST, DER KENNT KEIN ERBARMEN. DU BIST DER SACHE NICHT GEWACHSEN, JUNGER MANN, GLAUB MIR. REDE. HILF MIR. HILF WENIGSTENS DIR SELBST.

ICH HAB NICHTS ZU SAGEN. FRAGEN SIE MEINE FAMILIE. ABER SAGEN SIE MEINEM VATER NICHT, DASS ICH KEINE PIZZAS AUSLIEFERE.
WENN DU VERSCHLOSSEN WIE EINE AUSTER BLEIBEN WILLST, BITTE. ICH WERDE DIR KEINE DAUMENSCHRAUBEN ANLEGEN, DAMIT DU REDEST. NIMM DAS HIER, TRAG ES BEI DIR. DA STEHEN MEIN NAME UND MEINE NUMMER DRAUF. BEIM GERINGSTEN ANLASS, WENN DU ANGST HAST, RUF MICH AN. ICH KOMME.
KANN ICH GEHEN?
VERGISS NICHT, ICH KOMME.

ES IST UNGEFÄHR HALB ZWÖLF, ALS GRÉGOIRE DAS KOMMISSARIAT VERLÄSST.

KEIN BULLE KOMMT IHM HINTERHER, WEDER ZU FUSS NOCH IM WAGEN. GRÉGOIRE ROLLERT ZUR RUE DE RENNES. ZUM LIEFERWAGEN DES ALTEN. ER STOPPT IM HALBKREIS. AN DER STELLE VOM ABEND ZUVOR STEHT NICHTS MEHR. KEIN LIEFERWAGEN, KEINE SCHILDER, KEIN ALTER. GRÉGOIRE FÄHRT ZUM ZEITUNGSKIOSK HINAUF.
IST DER LIEFERWAGEN NICHT MEHR DA?
WAS DENN FÜR'N LIEFERWAGEN? ICH BIN DOCH KEIN SCHUTZMANN.
DER LIEFERWAGEN VON ... DIESEM TYPEN, DEM ASTROLOGEN.

DEM ALTEN SCHWINDLER, MEINST DU WOHL? DER IST HEUTE MORGEN WEGGEFAHREN – UND TSCHÜSS! ICH GEB DIR EINEN RAT, KLEINER, LASS BLOSS DIE FINGER VON DEM, LIEBESKUMMER HIN ODER HER. SONST GERÄTST DU AM ENDE ZWISCHEN DIE RÄDER UND FLIEGST ZU DEN STERNEN RAUF. UND WENN DU ZUR ERDE ZURÜCKKOMMST, BIST DU BLANK.
...
HAST DU DEINE FREUNDIN VERLOREN? IST ES DAS? SUCH BESSER NICHT NACH IHR, WENN DU MEINEN RAT WILLST. ICH SAG DIR, ALS MEIN GÉRARD ABGEHAUEN IST, HÄTT ICH MEIN LETZTES HEMD HERGEGEBEN, DAMIT ER ZURÜCKKOMMT, ICH WUSSTE NICHT MEHR EIN NOCH AUS. „DER ZWEIFEL PLAGT." IST ECHT KEIN SCHERZ, DAS. ABER MERK DIR, GEWISSHEIT IST AUCH NICHT IMMER DAS GELBE VOM EI. ABER DAS STEHT AUF 'NEM ANDERN BLATT. NA, JEDENFALLS BIN ICH ZU DEM GROSSEN MEISTER HIN UND HAB DAS KOMPLETTE PROGRAMM GEKRIEGT. ALSO DEN GÉRARD, DEN MÜSSTEN DIE OKKULTEN MÄCHTE BLOSS ZUR VERNUNFT BRINGEN, DANN KÄME ER WIEDER NACH HAUSE, SANFT WIE EIN LAMM UND NÜCHTERNER ALS EIN KAMEL. ALLERDINGS: DIE MÄCHTE BESCHWÖREN, WIE ER SICH AUSDRÜCKTE, DAS WÜRDE WAS KOSTEN. NICHT DASS DIE MÄCHTE EIN GEHALT KRIEGEN, BEILEIBE NICHT, WEIL DA, WO DIE SIND, IN DER HÖLLE ODER WO, GIBT'S SO WAS WIE REICHE ODER ARME NICHT, AUCH KEINE NAHRUNGSMITTEL, DIE

MAN BEZAHLEN MUSS, ODER MIETE, DARUM GEHT'S DA NICHT MEHR, VERSTEHST DU? ABER UM SIE HERBEIZURUFEN, BRAUCHTE MAN GANZ SPEZIELLE MITTEL, WEIL DIE MÄCHTE SICH JA NICHT FÜR LAU BEWEGEN, SIND JA NICHT DOOF. DIE BRAUCHTEN SO LOCKSUBSTANZEN, ANTIMON, QUECKSILBER UND MALACHITSCHWEFEL, WAS WEISS ICH. ERGEBNIS: WENN MAN WILL, DASS DIE MÄCHTE EINEM DEN GÉRARD WIEDER NACH NOISY-LE-SEC ZURÜCKBRINGEN, MUSS MAN SIE BEZAHLEN, DIESE SUBSTANZEN. VIERTAUSEND FRANCS FÜR DEN ANFANG, UM SIE ANZUFÜTTERN. UND VIERTAUSEND FRANCS SPÄTER NOCH MAL, ALS DER TRANSPORT VON GÉRARD AUSGEHANDELT WURDE.
ALSO, DA HAB ICH DER SACHE 'NEN RIEGEL VORGESCHOBEN. UM EIN HAAR HÄTT ICH IHN AUCH BEI DEN BULLEN ANGEZEIGT, DEN FÉRÉAL.
ABER DA HAT ER MIT SEINER TIEFEN, EINSCHMEICHELNDEN STIMME ZU MIR GESAGT, ICH WÜRDE DANN NICHT NUR JEDE CHANCE VERLIEREN, DEN GÉRARD WIEDERZUSEHEN, DER DOCH AUF DEM BESTEN WEGE SEI, ZURÜCKZUKOMMEN, SONDERN ICH KÖNNTE AUCH GAR KEINE KLAGE ERHEBEN, DA ICH IHM DAS GELD JA BEWUSST UND FREIWILLIG GEGEBEN HÄTTE. DAS STIMMTE. ACHTTAUSEND FRANCS, 'NE HÜBSCHE SUMME. UND ICH KENN WELCHE, DIE HABEN NOCH VIEL MEHR HINGEBLÄTTERT. EIN SCHWINDLER, SAG ICH DIR, KLEINER. UND DABEI HAT ER IMMER SO SCHÖN GEREDET, SO INTELLEKTUELL. ABER DAS BESTE HAB ICH DIR NOCH GAR NICHT ERZÄHLT, FALLS DU ES NICHT SCHON AHNST: DER GÉRARD IST NATÜRLICH NIE ZURÜCKGEKOMMEN. UND WEISST DU, WAS ICH GEMACHT HAB? ICH HAB MIR 'N ANDERN MANN GESUCHT, UND DAS HAT MICH KEIN BISSCHEN GEKOSTET. IST DOCH VIEL BESSER SO, ODER? NUN GUCK NICHT SO TRÜBE, DU BRICHST MIR JA DAS HERZ. IST 'N GLÜCK FÜR DICH, DASS ER WEG IST, DER MEISTER, DER HÄTTE DICH GERUPFT WIE 'N VÖGELCHEN, SAG ICH DIR. DIE FRAUEN, MUSST DU WISSEN, SIND AUCH NICHT IMMER HEILIGE.

MIT GESENKTEM KOPF LÄSST SICH GRÉGOIRE DIE ABSCHÜSSIGE AVENUE RICHTUNG SEINE HINUNTERROLLEN. VOR „CHEZ RAYMOND" BREMST ER. UND DRÜCKT DIE TÜR DER KNEIPE AUF.
HEY, GRÉGOIRE, KOMMST DU DEINE KRONKORKEN HOLEN? ICH HAB DIR EINE GANZE SCHACHTEL BEISEITE GESTELLT. UND SCHÖNE, SIND FAST EINWANDFREI. BRAUCHT MAN KRAFT IM HANDGELENK, WENN MAN SIE NICHT VERBIEGEN WILL.
DANKE, RAYMOND.
WAS MACHST DU MIT DEINEN KRONKORKEN? EINEN VORHANG? FRÜHER HABEN WIR DIE AUS PLASTIKWEINKORKEN GEMACHT.

– WESWEGEN DENN?
– WEGEN DER INLINESKATES.
– ALS HÄTTEN DIE NICHTS BESSERES ZU TUN. DIE BULLEN NERVEN ALLE WELT, ABER NIE DIE RICHTIGEN.

STAINS, 13 UHR.
LÄUFST DU ETWA WEG? EINFACH SO? GANZ OHNE GEPÄCK?
...

JA, ICH WEISS. ES IST SCHÖN, SO AUF DER STRASSE ZU RENNEN. ABER HAST DU AUCH AN DEN FUCHS GEDACHT?
...
NEIN, NATÜRLICH NICHT. SPATZENHIRN. ABER DU HAST RECHT. WENN MAN DIE GANZE ZEIT AN DEN FUCHS DENKEN WÜRDE, BEKÄME MAN SEINEN BÜRZEL NIE AUS DEM FUTTERNAPF. UND IM FUTTERNAPF LANGWEILT MAN SICH ZU TODE, STIMMT'S, MEINE SCHÖNE?
...
WENN DU BRAV BIST, KAUFE ICH DIR EINES TAGS KLEINE INLINESKATES. DAS WIRD DIR GEFALLEN, WIRST SEHEN.
...
ICH MUSS DICH ZURÜCKBRINGEN, CALAMATY JANE. MAN VERLANGT NACH DIR.
WAS KAPUTT?

ICH HAB 'NEN PLATTEN, ICH BRAUCHTE EINE SCHÜSSEL MIT WASSER.
EINE SCHÜSSEL MIT WASSER?
FÜR'S FAHRRAD.
FÜR'S FAHRRAD?
UM DAS LOCH ZU FLICKEN. ICH KANN DAS RAD NICHT SCHIEBEN. GROSSVATER SAGT, DAS MACHT DRECK IM HAUS.
MACHT DRECK, JA. ALSO EINE SCHÜSSEL MIT WASSER.
SAG ICH JA.
ICH HAB EINE ZU HAUSE.
IST DAS WEIT?
DA DRÜ-BEN. BIN GLEICH WIE-DER DA.

DAS IST UNHEIMLICH NETT. ICH WARTE HIER.
DA HABEN WIR DAS LOLOCH.
DAS LOCH.
ICH SAG „LOLOCH". DAS BERUHIGT MICH.
BIST DU NERVÖS?
INNERLICH.
UND ES BERUHIGT, WENN MAN „LOLOCH" SAGT?

MICH BERUHIGT ES.
ICH BEHAUPTE NICHT, DASS ES DEM LEBEN EINEN SINN GIBT.
ABER SAGEN WIR, ES IST EIN ZIEL, EINE NEUERUNG. SO HAB ICH DAS GEFÜHL, ZU IRGENDWAS NÜTZE ZU SEIN, ICH VERWANDLE WENIGSTENS EIN KLEINES STÜCK DER WELT. MAN KANN NIE WISSEN ...
VIELLEICHT SAGEN EINES TAGES JA ALLE „LOLOCH". IN DEM GLAUBEN, ES WÄR SCHON EWIG SO.
ABER EIN PAAR WISSENSCHAFTLER WERDEN WISSEN, DASS MIT DEN LÖLÖCHERN GRÉGOIRE BRABAN ANGEFANGEN HAT.
AHA.
HAST DU DEN NANAGEL AUFGEHOBEN? DER SICH IN DEN REIFEN GEBOHRT HAT?
SOLLTE ICH?
BRINGT GLÜCK. WIE HUNDESCHEISSE, BLOSS FÜR FAHRRÄDER.
DAS WUSSTE ICH NICHT. ICH HAB IHN DA RÜBERGEWORFEN.

HAST DU IHN?
NEIN.
VERGISS IHN. ES STIMMT NICHT, DASS ER GLÜCK BRINGT. WENN DU WÜSSTEST, WIE VIELE NÄNÄGEL IN MEINEM GARTEN RUMLIEGEN.
HIER, DEIN RAD. IST WIE NEU.
WAS IST DAS DA DRÜBEN? EIN WINDRAD?
WILLST DU'S DIR ANSEHEN? ICH BRING DIE SCHÜSSEL ZURÜCK.
DAS IST MEIN VATER. ER HAT SCHON 7724 BIERDOSEN DA DRIN VERBAUT, UND 8965 KRONKORKEN.

UND WAS SOLL DAS GANZE?
DAS IST DER VIER-STRÖME-BRUNNEN IN ROM. ER STELLT DIE VIER ECKEN DER WELT DAR: DEN GANGES, DEN NIL, DEN RIO DE LA PLATA UND DIE DONAU. KENNST DU IHN?
NEIN.
BERNINI HAT IHN GEBAUT.
AUS DOSEN?
DAS WAR 1650, DA HATTEN SIE NOCH KEINE DOSEN. NUR STEIN. PAPA IST TOTAL VERRÜCKT NACH BERNINI. DAS SAGT ER SELBST, UND ES STIMMT. ER IST TOTAL VERRÜCKT.
HAT ER DIE GANZEN DOSEN GESAMMELT?
VOR ALLEM WIR, WIR SIND VIER BRÜDER. WIR SAMMELN UND SORTIEREN SIE NACH FARBEN. DIE VIER FIGUREN HABEN JEDE DIE FARBE EINER JAHRESZEIT.

SO ERGIBT ES NICHT NUR DIE WELT, SONDERN AUCH DIE ZEIT. ABER DAS IST PAPAS IDEE, NICHT DIE VON BERNINI. FÜR DEN HERBST UND DEN RIO NEHMEN WIR KANTERBRÄU, GEORGE KILLIAN'S. FÜR DEN GANGES UND DEN WINTER, BITBURGER, KRONENBOURG. FÜR DIE DONAU UND DEN FRÜHLING, HEINEKEN, DESPERADOS. FÜR DEN NIL UND DEN SOMMER, PELFORTH AMSTERDAM. ABER AUCH SCHWARZE UND BLAUE DOSEN FÜR DIE SCHATTEN, GUINNESS, BAVARIA. UND WEISSE UND SILBERNE FÜR DIE LICHTFLECKEN, 1664, SILVER SAPPORO.
DEIN VATER IST JA COOL.
DIESER BERNINI IST TOTAL DURCHGEKNALLT. FINDEST DU ES SCHÖN?
SCHÖNER ALS ALLES, WAS ICH JE GESEHEN HAB.
HAST DU SCHON VIEL GESEHEN?
DAS THEATER IN ORANGE.
WAS NOCH?
NICHTS.
DA IST JA DER NANAGEL.
MUSST DU DICH BERUHIGEN?
ICH HAB JA WOHL DAS RECHT, NANAGEL ZU SAGEN, ODER?
ICH LEIH DIR MEIN EIGENTUM.
SIE IST HÜ...
BITTE, SAG NICHTS ÜBER DIESES MÄDCHEN.

– VERDAMMT.
– DAS IST SCHLECHT.
– SEHR.
– WAS MACHT ER FÜR EINEN EINDRUCK?
– ER SCHEINT DER GANZEN SACHE NICHT GEWACHSEN ZU SEIN. NOCH NICHT GANZ TROCKEN HINTER DEN OHREN, NOCH OHNE KLARE KONTUR, EIN AUFSCHNEIDER UND ZUGLEICH SEHR ÄNGSTLICH, DER SO LANGE AUF SEINEN INLINERN TANZT, BIS ER AUF DIE NASE FÄLLT. OGIER MUSS IHN NACH BELIEBEN MANIPULIERT HABEN. TROTZDEM IST DER JUNGE VERSTOCKT, ER STRÄUBT SICH UND IST SCHNELL BELEIDIGT.

– WIR WERDEN
EINE HAUSSUCHUNG BEI IHM MACHEN. UND FINDEN, WAS SIE GERAUBT HABEN KÖNNTEN.
– WENN WIR WAS FINDEN, HABEN WIR KEINE WAHL, DANN MÜSSEN WIR IHN FESTNEHMEN.
– ABER WENN ES DER AUSGERAUBTE WAR, DER OGIER UMGELEGT HAT, TRIFFT DEN JUNGEN KEINE SCHULD.
– FANGEN WIR WIEDER DAMIT AN?
– WIR SIND NOCH IMMER DABEI.
– BEIM WIDDER?

WAS BRINGT SIE NUR IMMER WIEDER AUF DIESEN TYPEN?
– DAS ENTSETZEN, DANGLARD, GANZ EINFACH.
– HABEN SIE MIT DOUCELET GEREDET? ICH MEINE, ÜBER OGIER?
– ICH KOMME GERADE VON IHM.
– INTERESSIERT ES IHN?
– ICH DACHTE, DOUCELET WÄRE EIN PATENTER KERL. ICH HATTE IHN ALS AUFMERKSAMEN, KLUGEN MENSCHEN IN ERINNERUNG.
DABEI IST ER EIN IDIOT.
– WOLLTE ER IHNEN NICHT FOLGEN?
– ER HAT SICH ÜBER MICH LUSTIG GEMACHT MIT SEINEM WELTMÄNNISCHEN GEHABE. ER IST EIN VERFECHTER DES GESUNDEN MENSCHENVERSTANDS. IM FALL OGIER ERINNERT IHN NICHTS AN DEN WIDDER.
– KANN MAN JA VERSTEHEN.
– ER IST EIN IDIOT.
WIR NEHMEN ZWEI MANN FÜR DIE HAUSSUCHUNG. BAER UND FERNANDEZ, WENN SIE FREI SIND. ICH GEH EIN PAAR SCHRITTE, UND WIR TREFFEN UNS AM WAGEN.

DERSELBE TAG, DIESELBE ZEIT IN STAINS. GRÉGOIRE HAT BROT GEHOLT. ER STOPPT IM HALBKREIS VOR DEM HAUS. DA STEHT ESTELLE, SIE SIEHT SICH DIE VIER STRÖME AN. IHR FAHRRAD LEHNT AN DER MAUER.
WIEDER 'NE PANNE?
ICH WOLLT NUR GUCKEN, WIE ES VORANGEHT.
JA. DAS MACHEN ALLE HIER. ES PACKT DIE LEUTE GANZ ALLMÄHLICH. UND SPÄTER KOMMEN SIE EXTRA DESWEGEN HER. VIELLEICHT WIRD MEIN VATER EINES TAGES IN DER GANZEN GEGEND BERÜHMT SEIN.
WER IST DER GROSSE TYP DORT MIT DEM SPATEN?
MEIN BRUDER GAUTHIER. ER BAUT UNSER ESSEN ZU HAUSE AN. IST BILLIGER.

IST DAS DENN GUTER BODEN HIER?
ER IST VOLLER SCHOTTER. ABER ER DÜNGT IHN. GAUTHIER IST EINER, DER NACHDENKT, BEVOR ER HANDELT.
UND DER MIT DEM SCHLIPS, DER DA VORHIN RAUSKAM?
MEIN BRUDER GUILLAUME. EIN KORREKTER TYP.
BIST DU NICHT KORREKT?
KLAR BIN ICH KORREKT.
WAS MACHST DU DENN SO?
WAS MAN HALT SO MACHT. UND DU?
ICH AUCH. UND DEIN ANDERER BRUDER? WOHNT DER AUCH HIER?
JA, GRATIEN.
ER IST NOCH NICHT WACH. ER GEHT SPÄT INS BETT, ER IST SCHAUSPIELER.
SPIELT ER ABENDS?
NEIN, ER HAT NIE JOBS. MANCHMAL DREHT ER WERBEFILME. ER IST DER SCHÖNSTE IN DER FAMILIE, SAGT MEIN VATER IMMER.
UND DIE BEIDEN FRAUEN? GEHÖRT EINE ZU DIR?
ZU MEINEN BRÜDERN.

WOHNT IHR DAS GANZE JAHR ZUSAMMEN?
FÜR GETRENNTE WOHNUNGEN HABEN WIR KEIN GELD. WIR KLEBEN ZUSAMMEN, WIE MEIN VATER IMMER SAGT.
DEIN VATER REDET ZIEMLICH VIEL, WAS?
DEINER NICHT?
ICH BIN MIT DREIZEHN VON ZU HAUSE WEG. DIE WAREN SO BETRUNKEN, DASS SIE ES NICHT MAL BEMERKT HABEN, GLAUB ICH.
WO WAR DAS?
IN ORANGE. ICH BIN INS ALTE THEATER GEFLÜCHTET. ES IST EIN BISSCHEN VERFALLEN, ABER RUND. GUCK'S DIR IRGENDWANN MAL AN. WENN MAN SICH AUF DIE STUFEN SETZT, GEHT'S EINEM GLEICH BESSER. UNGEFÄHR SO WIE DIR MIT DEINEM NANAGEL.
UND WAS HAST DU DANN GEMACHT?
ALLES MÖGLICHE. SPÄTER HAB ICH DANN GROSSVATER GETROFFEN. ER IST NICHT MEIN GROSSVATER, ER LÄSST MICH BEI SICH WOHNEN, GIBT MIR ZU ESSEN.
EINFACH SO?
DENKST DU, ER BESPRINGT MICH JEDEN ABEND?
ICH HAB NICHTS GESAGT.

ES STIMMT ABER NICHT. MEIN GROSSVATER PRAKTIZIERT DIE TUGENDEN. ICH MACHE KEINE WITZE. KANNST JA MITKOMMEN, WENN DU MIR NICHT GLAUBST.
EINFACH SO?
ER WILL NICHT, DASS ICH MIT FREMDEN REDE.
UND MIT MIR WILLST DU REDEN?
ICH MAG DEIN GESICHT, ES IST HÜBSCH.
MUSS BLOSS DAS BROT WEGBRINGEN.
ICH WARTE.
SCHROTT-HANDLUNG ANKAUF VERKAUF ALLE METALLE RECYCLING REPARATUREN SCHWEISSARBEITEN
MEMETALLE.

KOMMST DU?
MEMETALLE.
SCHROTT-
HANDLUNG
ANKAUF VERKAUF
ALLE METALLE
RECYCLING
REPARATUREN
SCHWEISSARBEITEN
GAB'S PROBLEME, MEINE SÜSSE?
NEIN.

LAUF JETZT, ESTELLE. GEH ZUR BRÜCKE UND WART AUF MEIN ZEICHEN.
VERDAMMT, ICH WUSSTE DOCH, DASS ICH NICHT HÜBSCH BIN!
WORTLOS FESSELT DER ALTE GRÉGOIRE (AN HÄNDEN UND FÜSSEN), SETZT SICH HIN, HOLT EIN MESSER HERVOR UND LÄSST DIE KLINGE RAUSSPRINGEN. EINE GESCHLIFFENE KLINGE, ZWÖLF, VIELLEICHT FÜNFZEHN ZENTIMETER LANG.
JETZT ZU UNS, DU KLEINER MISTKERL. DU SAGST MIR, WO MEINE TASCHE IST. DU HAST EINE MINUTE.
– SCHEISSOPA!
– PASS AUF, WAS DU SAGST, ICH BIN KEIN „OPA", ALLES ANDERE ALS EIN „OPA", HAST DU KAPIERT, DU KLEINER SCHMAROTZER?

ICH BIN DER GESANDTE DES GROSSEN PRINZIPS, UND NIEMAND BELEIDIGT MEINE MACHT.
– IRRER! MÖRDER! IRRER!
DER ALTE DRÜCKT DIE KLINGE AN GRÉGOIRES HALS. GRÉGOIRE SPÜRT IHRE SPITZE UND DASS EIN WENIG BLUT HERUNTERLÄUFT. EIN WENIG, ODER MEHR? ODER VIEL? WIE BEI DEN HÜHNERN, WENN GAUTHIER SIE SCHLACHTET?
– SAG: „VOR DEM GESANDTEN DES GROSSEN PRINZIPS HALTE ICH MEINE SCHNAUZE."
– ...
– SAG ES!
– VOR DEM GESANDTEN DES GROSSEN PRINZIPS HALTE ICH MEINE SCHNAUZE.
– NA ALSO. SPRICH MIR NACH UND VERVOLLSTÄNDIGE: „DIE TASCHE BEFINDET SICH ..."
– DIE TASCHE BEFINDET SICH IN DER WERKSTATT, IN DER OFENRÖHRE VOM ALTEN KOHLEHERD, HINTER EINER KISTE BIERDOSEN.
– GUT, GRÉGOIRE. WIE KOMMT MAN UNBEMERKT AN DEINER GAMMLERSIPPE VORBEI?
ÜBER DIE RUE MOURMON. DIE KLEINE TÜR AUF DER OSTSEITE.
– IST SIE ZU?
– ABGESCHLOSSEN.
– DER SCHLÜSSEL?
– IN MEINER RECHTEN SEITENTASCHE.

DER ALTE KEHRT DIE TASCHE NACH AUSSEN: EIN SCHLÜSSELBUND, KLEINGELD, DAS ÜBER DEN BODEN ROLLT, UND DIE KARTE, AUF DIE ADAMSBERG SEINEN NAMEN GESCHRIEBEN HAT.
– SIEH MAL AN. DU HAST DIE BULLEN AM HALS?
– ER IST KEIN BULLE.
ER IST EINER, DU KLEINES ARSCHLOCH, UND NICHT DER SCHLECHTESTE. SIEHT NACH NICHTS AUS UND DREHT DIR SACHTE DIE LUFT AB, WÄHREND ER VOR SICH HIN TRÄUMT.
KONFUS, LÄSSIG, ABER GEFÄHRLICH. ICH HAB IHN NICHT GERN IN MEINER NÄHE. HAST DU MIT IHM ÜBER DIE TASCHE GEREDET?
– ER WEISS VON NICHTS. ER TAPPT IM DUNKELN.
– DAS GLAUBST DU, DASS ER IM DUNKELN TAPPT, DU TROTTEL.
WIEDER IST DAS MESSER DA, DIE KLINGE STICHT.
– BIST DU SICHER, DASS DU NICHTS VON DER TASCHE GESAGT HAST?
– ICH SCHWÖR'S! WIESO SOLLTE ICH MICH EINBUCHTEN LASSEN?
DAS MESSER ENTFERNT SICH.

JA. WIE HAT ER DICH GESCHNAPPT?
– VOR DEM HAUS VON VINCENT.
– DEM MOTORRADFAHRER? DU BIST EIN ANFÄNGER. MAN DARF NIE AM ORT SEINES VERBRECHENS HERUMSTEHEN. DESHALB ALSO IST ER HINTER DIR HER? WEGEN DEM MORD AN DEINEM KUMPEL?
– ICH HAB IHN NICHT UMGE-BRACHT.
– ABER SICHER DOCH. WARUM, GLAUBST DU, SUCHT ER DICH SONST? DIESER ADAMSBERG IST VON DER KRIPO, DER GIBT SICH NICHT MIT KLEINEN TASCHENDIEBEN AB.
– ICH HAB IHN NICHT …
– SCHNAUZE!
DER ALTE RICHTET SICH AUF, VERPASST GRÉGOIRE EINEN TRITT IN DIE RIPPEN.
RÜHR DICH NICHT, KLEINER SCHEISSER. ICH KOMM ZURÜCK, VERLASS DICH DRAUF.
ER ÖFFNET DIE TÜR UND PFEIFT, SCHAUT, WIE ESTELLE ZURÜCKGE-LAUFEN KOMMT. ER DRÜCKT IHR EINE WAFFE IN DIE RECHTE HAND.

PASS AUF IHN AUF. ICH GEH DIE TASCHE HOLEN.
HAT ER GEREDET?
WIE EIN BUCH.
KANN ER GEHEN?
DU BIST NAIV, ESTELLE. WENN ER NUN GELOGEN HAT? ER DARF GEHEN, SOBALD ICH DIE TASCHE HAB.
SCHROTT-HANDLUNG ANKAUF VERKAUF ALLE METALLE RECYCLING REPARATUREN
DIE FÄUSTE IN DEN TASCHEN, VERSCHWINDET DER ALTE.
ESTELLE SCHLIESST DIE TÜR WIEDER UND SETZT SICH AUF DEN ALTEN SESSEL.
DU BIST EIN MISTSTÜCK.
UND DU EIN BLÖDMANN.
DU HÄTTEST JA NICHT MITKOMMEN MÜSSEN. HAT DIR DEIN VATER NICHT BEIGEBRACHT, DASS MAN MIT FREMDEN FRAUEN NICHT MITGEHEN DARF?

DU BIST EIN MISTSTÜCK. EINE VERRÄTERIN, ZUM KOTZEN.
EIN PAAR SACHEN STIMMTEN ABER.
DER NANAGEL?
NICHT DER NANAGEL.
ORANGE, DAS RUNDE THEATER, UND DEIN GESICHT.
DER GROSSVATER AUCH.
UND DAS MIT SEINER TUGEND? DAS VIELLEICHT AUCH?
DAS STIMMTE.
MACHST DU WITZE, ODER WAS?
DU HÄTTEST IHN EBEN NICHT AUSRAUBEN DÜRFEN. SEINE SACHEN, DIE SIND IHM HEILIG.
HEILIG? SEINE SACHEN? SEINE VERFAULTEN TIERKADAVER! HAST DU NICHT KAPIERT, DASS ER MICH UMLEGEN WIRD, DEIN VERDAMMTER GROSSVATER?
DU REDEST STUSS.
HAST DU'S ECHT NICHT KAPIERT? BIST DU BLIND, VERDAMMT? WEISST DU NICHT, DASS ER VINCENT UMGEBRACHT HAT, MIT DREI MESSERSTICHEN IN DEN BAUCH?

WER IST VINCENT?
DER, MIT DEM ICH DEINEN ALTEN AUSGERAUBT HAB.
IHR WART ZU ZWEIT?
JA! UND JETZT SIND WIR NUR NOCH EINER! UND IN EINER VIERTELSTUNDE WERDEN WIR NULL SEIN! RAFFST DU'S NICHT? HAST DU NICHT KAPIERT, DASS DEIN ALTER EIN VERFLUCHTER MÖRDER IST?
DU HAST KEIN RECHT, SO ZU REDEN. WARUM SOLLTE ER DICH UMBRINGEN?
WEIL ICH SEINE TASCHE GESEHEN HAB!
WAS HAST DU DENN GESEHEN?
FAULES ZEUG! SACHEN, DIE ICH NICHT KAPIERT HAB!
SIEHST DU, DU REDEST STUSS. DAS KOMMT, WEIL DU DEIN BLUT SIEHST.
ESTELLE!

UND WENN ER MICH FINDET?
ICH BIN NICHT DEIN SCHUTZENGEL.
ER WIRD ZURÜCKKOMMEN. LAUF!

ER LIEFERT PIZZAS AUS, DA HAT ER KEINE FESTEN ARBEITSZEITEN. ER WAR MONTAG ABEND HIER. WIR HABEN GUINNESS-DOSEN GEWALZT.
GAUTHIER! KOMM MAL HER! DIE POLIZEI IST HIER!
MEIN ÄLTESTER SOHN, GAUTHIER. GAUTHIER, DIE POLIZEI.
HAUPTKOMMISSAR JEAN-BAPTISTE ADAMSBERG.
LIEUTENANT DANGLARD.

IST ES WEGEN GRÉGOIRE? ICH HATTE DIR JA GESAGT, DASS ER WAS ANGESTELLT HAT.
ER HAT NICHTS GETAN. SAG IHNEN, WO ER AM MONTAGABEND WAR.
HIER. WIR HABEN GUINNESS-DOSEN GEWALZT.
SEHEN SIE? GAUTHIER, GEH GRATIEN WECKEN.
WARUM STELLEN IHRE MÄNNER ALLES AUF DEN KOPF? GRÉGOIRE IST EIN RUHIGER JUNGE. ER LIEFERT PIZZAS AUS.
GANZ SICHER. EINER SEINER SPIELKAMERADEN HAT WAS BEI IHM VERSTECKT.
TJA, DAVON WEISS GRÉGOIRE ABER NICHTS.
KENNEN SIE DEN?
GRÉGOIRE BRINGT SEINE FREUNDE NICHT MIT HIERHER, ICH WEISS AUCH NICHT, OB ER WELCHE HAT. UND DABEI SAG ICH DAUERND: „BRING WENIGSTENS MAL EIN MÄDCHEN MIT." ABER DAS NERVT IHN BLOSS.

KOMMISSAR, WIE SOLLEN WIR VORGEHEN? HIER LIEGEN BERGE VON MÜLL RUM.
EIN RICHTIGER SAUSTALL.
DAS IST KEIN MÜLL MEHR. DAS IST BAUMATERIAL.
DIE BIERDOSEN? UND WAS WIRD DARAUS GEBAUT?
DAS.
DAS WAS?

ICH HAB DAS GEFÜHL, DAS IST ZU HOCH FÜR UNS.
WIESO? SIEHT MAN DOCH, DASS DAS EIN TOTER BRUNNEN IST.
DER RIESIGE VIERSTRÖME-BRUNNEN, ERBAUT VON BERNINI ZWISCHEN 1648 UND 1651 AUF DER PIAZZA NAVONA IN ROM.
VERSION KRONENBOURG.
MUSSTEN SIE FRÜHER NACHSITZEN, LIEUTENANT?
ER KANN NICHTS DAFÜR. DANGLARD WEISS ALLES, UND ER MAG DAS.
IRGENDWIE PRAKTISCH.
SEHR.

ICH HAB DEN EINDRUCK, ER LÄSST DEN OBELISKEN WEG.
GROSSARTIG. SO WAS HAB ICH NOCH NIE GESEHN.
SOLLEN WIR DAS AUCH DURCHFORS-TEN?
JA, ALLES, ABER ORDENTLICH, OHNE DIE FARBEN DURCHEINANDERZUBRINGEN. SO LANGE, WIE ES DAUERT.
SAG'S IHNEN, GRATIEN. WAS HAT DEIN BRUDER AM MONTAGABEND GEMACHT?
GUILLAUME? ER HAT GUIN-NESS-DOSEN GEWALZT.
NEIN, WIR REDEN VON GRÉGOIRE.

'TSCHULDIGUNG. ICH DACHTE, WIR REDEN VON GUILLAUME.
NEIN, VON GRÉGOIRE. WAS HAT ER GEMACHT?
ER HAT GUINNESS-DOSEN GEWALZT.
UND SIE?
FICTI
AUCH. WIR WAREN IM RÜCKSTAND MIT DEM WALZEN.
GAUTHIER?
AUCH.
KURZ, IHR HABT ALLE GUINNESS GEWALZT.
NEIN.
WIE DAS?
CHRISTINE UND MARIANNE HABEN HEINEKEN GEWALZT.
SEHR GUT. ICH VERSTEHE.
ICH WEISS NICHT, OB MAN WIRKLICH VERSTEHEN KANN, WAS ES HEISST, WENN SIEBEN PERSONEN BIERLEICHEN IN BUNTE MARMORPLATTEN VERWANDELN.
GRATIEN, BELEIDIGE DAS DENKMAL NICHT.

MAN KANN'S VERSTEHEN. ZUM TEIL.
UMSO BESSER ALSO. ODER UMSO SCHLECHTER.
ZUM BEISPIEL, DASS SO EINE FAMILIE FEST ZUSAMMENHÄLT.
KANN MAN SO SEHEN. ODER AUCH, DASS DIESE FAMILIE GANZ UNTEN IM SCHÜTTGUT DER DUNKELHÄUTIGEN HOCKT.
NICHTS. BLOSS GEWÖHNLICHES ZEUG. KEINE EISENWAREN, KEIN GELD, KEIN GERÄT. HÄTTEN WIR NACH DROGEN SUCHEN SOLLEN?
NEIN.
WEIL WIR NICHT
SÄMTLICHE
DOSEN GESCHÜTTELT
HABEN.
FICTIF

HABT IHR DA NACHGESCHAUT?
UNTER DEM GERÜST?
ALLES LEER.
WANN KOMMT GRÉGOIRE NACH HAUSE?
ALS PIZZALIEFERANT HAT ER KEINE FESTEN ARBEITSZEITEN.
WARUM LASSEN WIR NICHT EINEN MANN HIER? SO SCHNAPPEN WIR IHN, WENN ER ZURÜCKKOMMT.
SEINE FAMILIE WIRD IHN WARNEN. SO ODER SO.
UND WENN WIR UNS VERSTECKEN?
– GENAU DAS WERDEN WIR TUN. FERNANDEZ, ORDERE EIN ALS PRIVATWAGEN GETARNTES POLIZEIAUTO. BAER, DU POSTIERST DICH GUT SICHTBAR AUF DEM GEHWEG. WENN DER WAGEN KOMMT, REAGIER NICHT. SIEH NICHT HIN. ER WIRD FÜNFZEHN METER WEITER PARKEN, HINTER DER PLATANE. WARTE NOCH ZEHN MINUTEN, DANACH VERSCHWINDE IN ALLER RUHE.
– VERSTANDEN, KOMMISSAR.

GRÉGOIRE RÜHRT SICH NICHT. DREI DER BULLEN SIND MIT DEM WAGEN WEGGEFAHREN, ABER DER VIERTE TYP IST DAGEBLIEBEN. DORT STEHT ER KERZENGERADE AUF DEM GEHWEG, DIE BEINE EIN WENIG GESPREIZT, DIE HÄNDE IM RÜCKEN VERSCHRÄNKT, REGUNGSLOS, UNERSCHÜTTERLICH. DER VATER OBEN AUF DEM GERÜST HAT SEINE ARBEIT WIEDER AUFGENOMMEN. MIT EINEM HOLZHAMMER KLOPFT ER VORSICHTIG DEN NACKEN DER DONAU WEICH. VON ZEIT ZU ZEIT WIRFT IHM DER UNERSCHÜTTERLICHE BULLE EINEN RASCHEN BLICK ZU. DANN EINEN LÄNGEREN. SO LÄUFT'S IMMER, ES PACKT DIE LEUTE EBEN GANZ ALLMÄHLICH, SIE KÖNNEN NICHT ANDERS. SCHAU DIR'S RUHIG AN, POLYP, SCHAU DIR DIE DONAU AN.

MIT FÜNF SÄTZEN IST GRÉGOIRE AN DER PFORTE, DIE DER ALTE NICHT WIEDER ABGESCHLOSSEN HAT. ER HUSCHT HINEIN UND GEHT GERADEWEGS ZUM SCHRANK MIT DEN KLAMOTTEN: DURCHWÜHLT, WIE DAS GANZE ZIMMER. MIT BEIDEN HÄNDEN BEFÜHLT GRÉGOIRE SEINE JACKE. DAS GELD IST DA, IM RÜCKENFUTTER.

– BLOSS ROUTINE ODER WAS ERNSTES?
– SAH NICHT AUS WIE 'NE BLOSSE FORMSACHE. DIE HABEN ALLE BEFRAGT.
– WAS HABT IHR GESAGT?
– DASS DU GUINNESS GEWALZT HAST.

– DER LEISE SPRICHT?
– JA, ADAMSBERG.
– DER WAR HIER.
– WIE WAR ER?
– EHER ZURÜCKHALTEND. ABER DAS WAR KEIN SPASS, GRÉGOIRE. DAS WAR KEIN FREUNDSCHAFTSBESUCH.

– HAST DU SCHISS?
– ICH HAB KEINEN SCHISS. DAS SIND CLOWNS. ALLESAMT. LÜGNER, MISTKERLE. HEUCHLER. ICH HAU LIEBER AB, BEVOR DIE MIR DAS GANZE ANHÄNGEN.
– WELCHES „GANZE"?
– ICH HAB JETZT KEINE ZEIT, GRATIEN. JE WENIGER DU DARÜBER WEISST, DESTO BESSER FÜR DICH. ICH LASS VON MIR HÖREN.
– HAST DU GELD?
– ICH HAB, WAS ICH BRAUCHE.
– PIZZAS LIEFERN BRINGT WAS EIN.
– WENN DU MEINST.
– GEH NICHT RAUS, GRÉGOIRE. AUF DER STRASSE HÄLT EINER WACHE.
– HAB ICH GESEHEN. LENK IHN FÜNF SEKUNDEN AB, MEHR BRAUCH ICH NICHT. DU HAST BESTIMMT WAS IN DEINEM REPERTOIRE.

– WO GEHST DU HIN?
– GERADEAUS. NACH SÜDEN, WEIL'S DA BERGAB GEHT. ES GEHT BERGAB, WEIL'S UNTEN LIEGT.
– SO SIEHST DU DIE GEOGRAPHIE?
– JA.

DAS IST VERBOTEN!
ES IST NAHRUNG FÜR DIE BÄUME.
DAS STIMMT NICHT. DAVON KREPIEREN SIE!
GRÉGOIRE SCHLÜPFT ÜBER DEN HINTERHOF HINAUS, KOMMT AM HÜHNERSTALL VORBEI, ZÖGERT EINE SEKUNDE LANG, GEHT HINEIN, GREIFT SICH CALAMITY JANE UND EINE HANDVOLL KÖRNER.
KOMM, MEINE SCHÖNE. DAS IST DEINE STUNDE. WIR GEHEN AUF REISEN.
„GENIESSEN WIR DIE FLÜCHT'GEN WONNEN DIESER SCHÖNSTEN TAGE ..."
AUTRES DIRECTIONS
ES IST UNGEFÄHR 14 UHR.

IMMER NOCH DONNERSTAG, DER 26., UM DIE MITTAGSZEIT.
ICH SCHWÖRE DIR, GROSSVATER, ER HAT ZUGESCHLAGEN, ER ...
RED NICHT MEHR DAVON! SEI STILL, HAST DU MICH VERSTANDEN?
DU HAST DOCH DIE TASCHE, WAS MACHT ES ALSO ...
ER HAT DAS GELD, ESTELLE!
– ABER ES WAREN DOCH DEINE PAPIERE, DIE DIR ...
– DREISSIGTAUSEND FRANCS, ESTELLE! EINE FRAGE DER WÜRDE! FÜR DIESE BELEIDIGUNG MUSS ER BEZAHLEN. UND DU WIRST DEINEN FEHLER WIEDERGUT-MACHEN.
– ER HAT MICH GETRETEN, GROSSVATER, ICH ...
SCHWEIG! SPRICH MIR NACH: „ICH BIN ZU ALLEM BEREIT, UM MEINEN FEHLER WIEDERGUTZUMACHEN."

– HAST DU DAS AUTO VON DEN BULLEN ERKANNT, ZWANZIG METER VOR DEM HAUS?
– VIELLEICHT SIND ES JA GAR KEINE BULLEN?
– ES SIND BULLEN, DAS KANNST DU MIR GLAUBEN. UND WENN DIE BULLEN SICH VERSTECKEN, DANN, WEIL DER IDIOT IHNEN ENTWISCHT IST. ABGEHAUEN. MIT MEINEM GELD.
DU WIRST ES WIEDERFINDEN, MEINE SÜSSE.
– EIN ZWEITES MAL WIRD ER MIR NICHT FOLGEN. FÜR DEN BIN ICH UNTEN DURCH.
– ICH VERLANGE NICHT, DASS DU IHN ZURÜCKBRINGST. DU STELLST DICH SEINER FAMILIE VOR, FRAGST NACH GRÉGOIRE. VERSTEHST DU MICH?
– JA.
– DABEI DARF NICHTS MEHR SCHIEFGEHEN, ESTELLE. ICH BRAUCH DEN JUNGEN VOR DEN BULLEN, BEGREIFST DU?

– UND WENN ER NICHT VON SICH HÖREN LÄSST?
– DU HAST IMMER NOCH NICHT BEGRIFFEN, WAS DAS FÜR EINE FAMILIE IST, ESTELLE. ER WIRD VON SICH HÖREN LASSEN.
– GUT, GROSSVATER.
– MORGEN MACHST DU DICH AN DIE ARBEIT. WIEDERHOLE: „ICH BIN ZU ALLEM BEREIT, UM MEINEN FEHLER WIEDERGUTZUMACHEN."
– „ICH BIN ZU ALLEM BEREIT, UM MEINEN FEHLER WIEDERGUTZUMACHEN."
– MEIN KUSS.

DAS IST SCHÖN, WAS, CALAMITY? IST ES SCHÖN? GEFÄLLT ES DIR? WILLST DU MUSIK?

VERDAMMT, WO SIND EIGENTLICH DEINE OHREN?
CALAMITY! LASS MICH NICHT ALLEIN! ICH FLEH DICH AN!
aaaahhhh!!!!
SCHEISSKERL! MÖRDER! SCHEISSKERL! DRECKSACK!

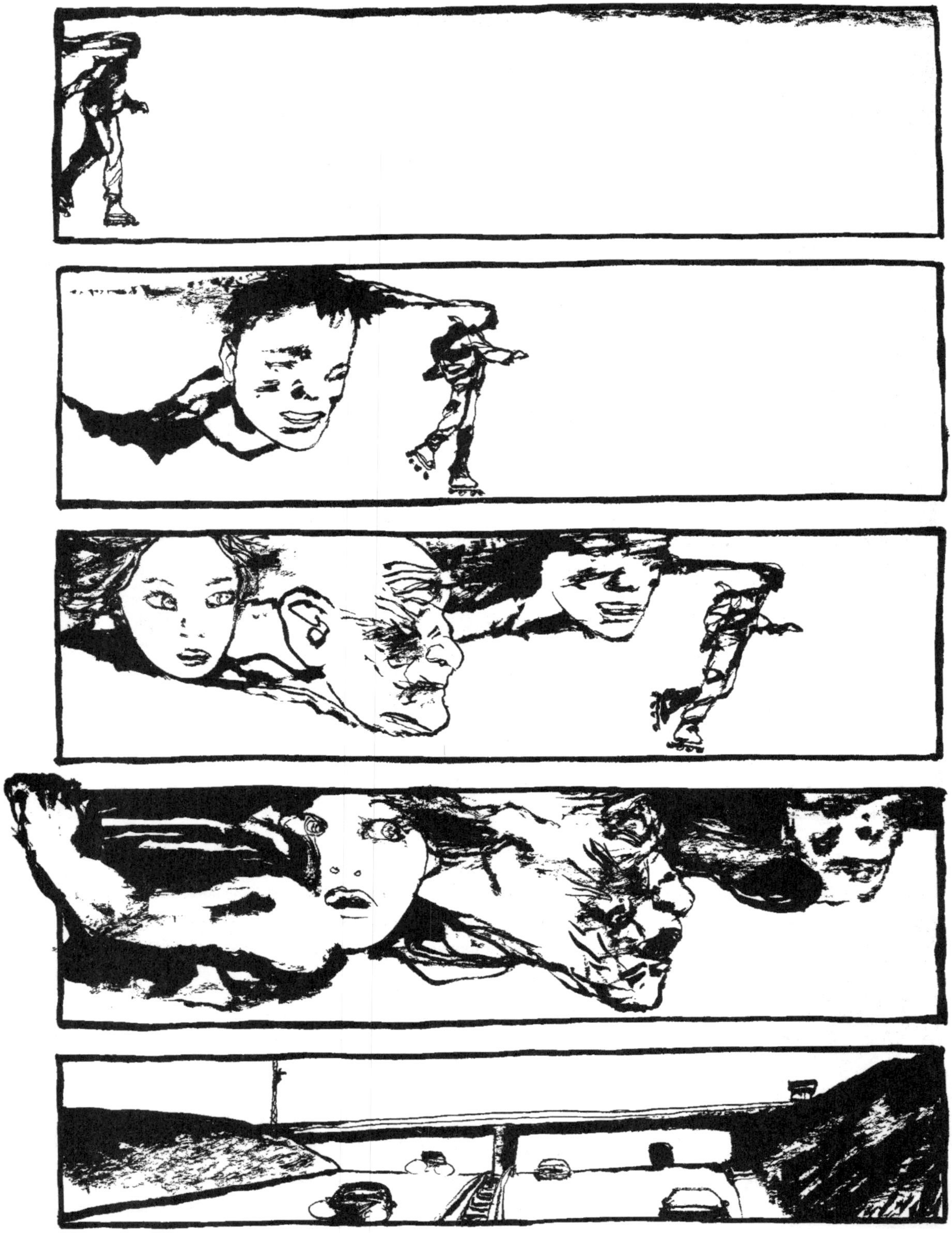

DU HAST DOCH KEINE ANGST, CALAMITY? DAS WOLLTEST DU DOCH, ODER? DU WIRST SEHEN! DENEN ZEIGEN WIR'S! WIR ZEIGEN DENEN, WAS WIR DRAUF HABEN!
SCHEISSKERLE, IHR! WEICHEIER! IHR KÖNNT MICH MAL! FAHRT DOCH, FAHRT, IHR ARSCHLÖCHER! IST MIR SCHEISSEGAL, DASS MICH KEINER LIEBT!
FAHRT EUCH DOCH ALLE ÜBER'N HAUFEN! KREPIERT IN EUREN SALONS! IST MIR SCHEISSEGAL! CALAMITY UND ICH, WIR FÜRCHTEN UNS VOR NIEMANDEM! IHR KÖNNT UNS ALLE MAL!
„GENERAL, WENN DU NOCH EINE KANONE AUF DEINEN FESTUNGSRUINEN HAST, SO BOMBARDIERE UNS MIT TROCKENEN ERDKLUMPEN. HINEIN IN DIE SCHEIBEN DER PRUNKVOLLEN LÄDEN! IN DIE SALONS! LASS DIE STADT IHREN EIGENEN DRECK FRESSEN! OXYDIERE DIE WASSERSPEIER! JAGE DEN RUBINROTEN FEUERPUDER IN DIE BOUDOIRS ..."

WIE ES WEITERGEHT, CALAMITY? ICH WEISS NICHT, WIE ES WEITERGEHT. HILF MIR. STRENG DICH AN. ICH WEISS NICHT, WIE DIE GESCHICHTE WEITERGEHT.

ORANGE

– SCHEISSE.

– WENN SEIN RAUSCH VORBEI IST, WIRD ER ZURÜCKKOMMEN. WIR SOLLTEN MIT VIERUNDZWANZIG BIS SECHSUNDDREISSIG STUNDEN RECHNEN.

– NICHT JEDER BERAUSCHT SICH AN WEISSWEIN, DANGLARD.

– WEISSWEIN ODER WAS ANDERES. DER KERL HAT DAS RECHT AUF EINE SPRITZTOUR.

– DER HAT KEINE SPRITZTOUR GEMACHT. DER IST GETÜRMT.

- ER HAT UNS GESEHEN, BEVOR WIR IHN SEHEN KONNTEN.
- NEIN, ER WAR NICHT NOCH MAL ZU HAUSE.
- NATÜRLICH WAR ER NOCH MAL ZU HAUSE.
- WIR HABEN DIE BUDE SEIT GESTERN ELF UHR NICHT AUS DEN AUGEN GELASSEN.
- ER MUSS SICH HINEINGESCHLICHEN HABEN, ALS BAER ALLEIN WAR. BAER IST EIN WACHSAMER TYP, ABER GRÉGOIRE IST EIN LUFTGEIST. ER HAT SEINE TASCHE GENOMMEN UND IST ABGEHAUEN.
- MACHEN WIR UNS AUF SEINE SPUR?
- JA, DANGLARD. DER JUNGE IST IN GEFAHR.
- SO SCHLIMM?
- SCHLIMMER NOCH.
- WIR HABEN KEINERLEI BEWEIS DAFÜR, DASS ER ABGEHAUEN IST.
- SEINE FAMILIE WEISS ES MIT SICHERHEIT.
- SIE WERDEN NICHT MEHR SAGEN ALS GESTERN.
- SIE WERDEN REDEN. BESORGEN SIE MIR EINEN WAGEN FÜR ACHTZEHN UHR DREISSIG.
- SO SPÄT?

NEUNZEHN UHR ZWANZIG.
LOHNT NICHT! GRÉGOIRE HAT SICH NICHT BLICKEN LASSEN.
EBEN, MONSIEUR BRABAN.
TUT MIR LEID, WENN ICH STÖRE.

GUILLAUME, MEIN ZWEITÄLTESTER. GUILLAUME, DIE POLIZEI.
JEAN-BAPTISTE ADAMSBERG.
KOMMT ES OFT VOR, DASS ER NICHT ZU HAUSE SCHLÄFT?
WENN IHM DANACH IST.
OFT?
WIR ZÄHLEN ES NICHT.
ICH DACHTE, ER HÄTTE KEINEN FREUND, UND AUCH KEINE FREUNDIN.
ER HAT SEIN EIGENES LEBEN. WIR FRAGEN NICHT NACH.
UND VOR ALLEM SAGEN WIR DEN BULLEN NICHTS.

ICH GLAUBE, GRÉGOIRE IST GESTERN ABGEHAUEN. GEGEN ZWEI UHR. ICH GLAUBE, SIE ALLE WISSEN DAS. ICH GLAUBE, SIE WERDEN MIR NICHTS DARÜBER SAGEN. LAUF, KLEINER, LAUF, DEINE FAMILIE WACHT ÜBER DICH.
„FREI WAR ICH, UND ICH RAUCHTE, VON NEBELBLAU BESTIEGEN, ICH STIESS DURCH FEUERHIMMEL, ICH STIESS SIE ALLE EIN ..."
JA, FREI. GRÉGOIRE IST FREI. GESCHÜTZT DURCH IHR SCHWEIGEN.
SIE SOLLTEN WISSEN, DASS DIESES SCHWEIGEN IHN UMBRINGEN WIRD.
WAS SOLL DAS HEISSEN?
BLEIB RUHIG, PAPA. EINSCHÜCHTERUNGSVERSUCH.
BLUFF.
SIE SCHÜTZEN IHN UND BEGREIFEN NICHTS. SIE WISSEN NICHTS VON DER GESCHICHTE.
WISSEN SIE DENN WAS DAVON?
BLEIB RUHIG, PAPA. GEH NICHT DARAUF EIN.

ICH KANN SIE MIR ZUSAMMENREIMEN. ABER MIR FEHLEN TEILE. ICH GEBE IHNEN MEINEN TEIL, SIE GEBEN MIR IHREN. SO KÖNNEN WIR GRÉGOIRE VIELLEICHT NOCH RETTEN – WENN WIR UNS BEEILEN.
DER JUNGE IST NICHT IN GEFAHR. DAS WÜSSTE ICH.
ER IST ES.
IN WAS FÜR EINER GEFAHR?
BLEIB SITZEN, PAPA.
LEBENSGEFAHR.
DRUCK AUSÜBEN, DROHEN, GEFÜHLE ERPRESSEN.
ICH SAGTE, WIR MÜSSTEN UNS BEEILEN.
SOLL ER SEINE GESCHICHTE DOCH ERZÄHLEN! WAS KOSTET DAS SCHON?
GRÉGOIRES FREIHEIT. BERUHIGE DICH. FALL NICHT AUF SEINEN TRICK REIN.
VERDAMMT! ICH WERD JA WOHL NOCH DAS RECHT HABEN, MICH MIT JEMAND ZU UNTERHALTEN. ER IST MEIN SOHN, ODER? ALSO ENTSCHEIDE ICH.
WAS WEISST DU SCHON, OB ES WIRKLICH DEIN SOHN IST?
GAUTHIER, FÄNGST DU WIEDER MIT DER ALTEN LEIER AN? JEDEM SEINE EIER!
ENT-SCHULDIGE.
ICH HÖRE, KOMMISSAR. WEN'S NICHT INTERESSIERT, DER KANN JA RAUSGEHEN.

ICH GLAUBE, ANFANG DIESER WOCHE HAT GRÉGOIRE MIT SEINEM FREUND VINCENT OGIER EINEN TYPEN AUF DER STRASSE AUSGERAUBT UND IHM SEINE TASCHE ABGENOMMEN.
GRÉGOIRE IST KEIN RÄUBER. UND AUSSERDEM STEHT ER UNTER EINFLUSS.
NA GUT, ICH BEGINNE NOCH MAL. GRÉGOIRE HAT UNTER OGIERS EINFLUSS DIE TASCHE VON EINEM TYPEN GEFUNDEN. UND SIE WAREN SO SCHWACH, DIE TASCHE ZU BEHALTEN.
GUT.
ICH GLAUBE, DER INHALT DER TASCHE, ÜBER DEN ICH NICHTS WEISS, IST MÖRDERISCHER ALS EINE GRANATE. LEIDER HAT OGIER SIE GEÖFFNET. UND LEIDER HAT ER GRÉGOIRE DAVON INFORMIERT.
UND WO IST ER, DIESER OGIER? VIELLEICHT KÖNNTE ER WAS SAGEN?
ER IST TOT. ERMORDET DURCH DREI MESSERSTICHE, MONTAGABEND.
GRÉGOIRE WAR ZU HAUSE, WIR HABEN GUINNESS GEWALZT.

GRÉGOIRE IST BEI SEINEM FREUND VORBEIGEGANGEN. LEIDER HAT ER DIE VERFLUCHTE TASCHE AUS OGIERS VERSTECK GEHOLT, ÜBER DEM WASSERBOILER. DOCH, MONSIEUR BRABAN. WIR HABEN SEINE FINGERABDRÜCKE. GRÉGOIRE HAT ALSO DIE TASCHE GEHOLT UND HAT SIE GEÖFFNET.
ABER, HERRGOTT, WAS IST DENN SO SCHLIMMES DRIN IN DIESER VERFLUCHTEN TASCHE?
ETWAS, DAS SO GRAUENVOLL IST, DASS IHR BESITZER GRÉGOIRE UMBRINGEN WILL.
DANN BRAUCHT GRÉGOIRE DIE TASCHE DOCH NUR ZURÜCKZUGEBEN.
ZU SPÄT. ER HAT ALLES GESEHEN.
WAS DENN GESEHEN, VERDAMMT?
DAS WEISS ICH NICHT.
WAS BEWEIST IN DIESEM FALL, DASS GRÉGOIRE IN GEFAHR IST?
ICH HABE EINE VORSTELLUNG VON IHREM BESITZER.
ES IST DER WIDDER.
DER WIDDER? DER MÖRDER MIT DER HIPPE?

DER DEN OPFERN WAS AUF DEN RÜCKEN MALT?
IN ROT, JA.
(...)
(...)
(...)
(...)
(...)
(...)
DESHALB HAB ICH GESAGT, WIR HABEN ES EILIG. DER WIDDER HAT OGIER GETÖTET. UND ER IST DRAUF UND DRAN, AUCH GRÉGOIRE ZU TÖTEN.
(...)
(...)
(...)
(...)
(...)
(...)
ICH STELLE MEINE FRAGE ALSO NOCH EINMAL. ER IST ABGEHAUEN, NICHT WAHR?
JA. GESTERN, NACHDEM ER SIE GESEHEN HATTE. ICH HABE DEN WACHMANN ABGELENKT, DAMIT ER VERSCHWINDEN KONNTE.
DARF MAN WISSEN, WIE?
WENN MAN DEN BULLEN ALLE SEINE TRICKS SAGEN WÜRDE ...
ES INTERESSIERT MICH. BAER IST EIN GEWISSENHAFTER TYP.
ICH HABE VOR IHN HINGEPISST. DAS MOCHTE ER NICHT.
NICHT SCHLECHT.
REINE IMPROVISATION.

WAS HAT GRÉGOIRE BEI SICH?
SEINE BLAUE JACKE, SEINEN RUCKSACK, SEINE INLINESKATES, SEINEN WALKMAN, TURNSCHUHE.
DIE ANDERE TASCHE HAT ER NICHT MITGENOMMEN?
NEIN.
HAT ER MIT IHNEN DARÜBER GESPROCHEN?
NEIN.
MIT MIR SCHON. ER KAM ZUM MITTAGESSEN ZU MIR, AM DIENSTAG. ER WOLLTE MIR ETWAS ZEIGEN.
ERZÄHLEN SIE.
EINE FOTOSCHACHTEL MIT ZERKLEINERTEN MENSCHENZÄHNEN. EIN GUTES DUTZEND UNGEFÄHR.
FRISCHE ZÄHNE. UND DA WÄRE NOCH ANDERES ZEUG IN DER TASCHE, SAGTE ER. UTENSILIEN FÜR SCHWARZE MAGIE, KRAM VON EINEM VERRÜCKTEN. ICH HAB IHM GESAGT, ER SOLL DAS GANZE WEGSCHMEISSEN.
KÖNNTEN SIE SICH AN DEN KRAM ERINNERN?
ICH KANN'S VERSUCHEN. ER HAT MIR NICHT ALLES GESAGT.
ICH WERDE ERGÄNZEN.

ICH HABE DIE TASCHE GESEHEN. UND ICH HABE SIE AUSGEKIPPT.
DU WUSSTEST BESCHEID?
GENAU WIE GUILLAUME. UND WIE GRATIEN. WIR ALLE WISSEN, DASS GRÉGOIRE LEUTE AUSRAUBT, WIR ALLE WISSEN ES, WENN ER EINE DUMMHEIT MACHT. DIESMAL WAR ES EINE RIESENDUMMHEIT. DA HAB ICH'S MIR ANGESEHEN. ICH KENNE SEIN VERSTECK.
IN DER RÖHRE VOM ALTEN KOHLEHERD.
GENAU. VORGESTERN HAB ICH DIE TASCHE AUFGEMACHT UND ALLES AUSGEBREITET. ES WAR WIDERLICH.
GEBEN SIE MIR WAS ZU SCHREIBEN. WIR ERSTELLEN EINE LISTE.
KÖNNTEN WIR DABEI WEITERESSEN?

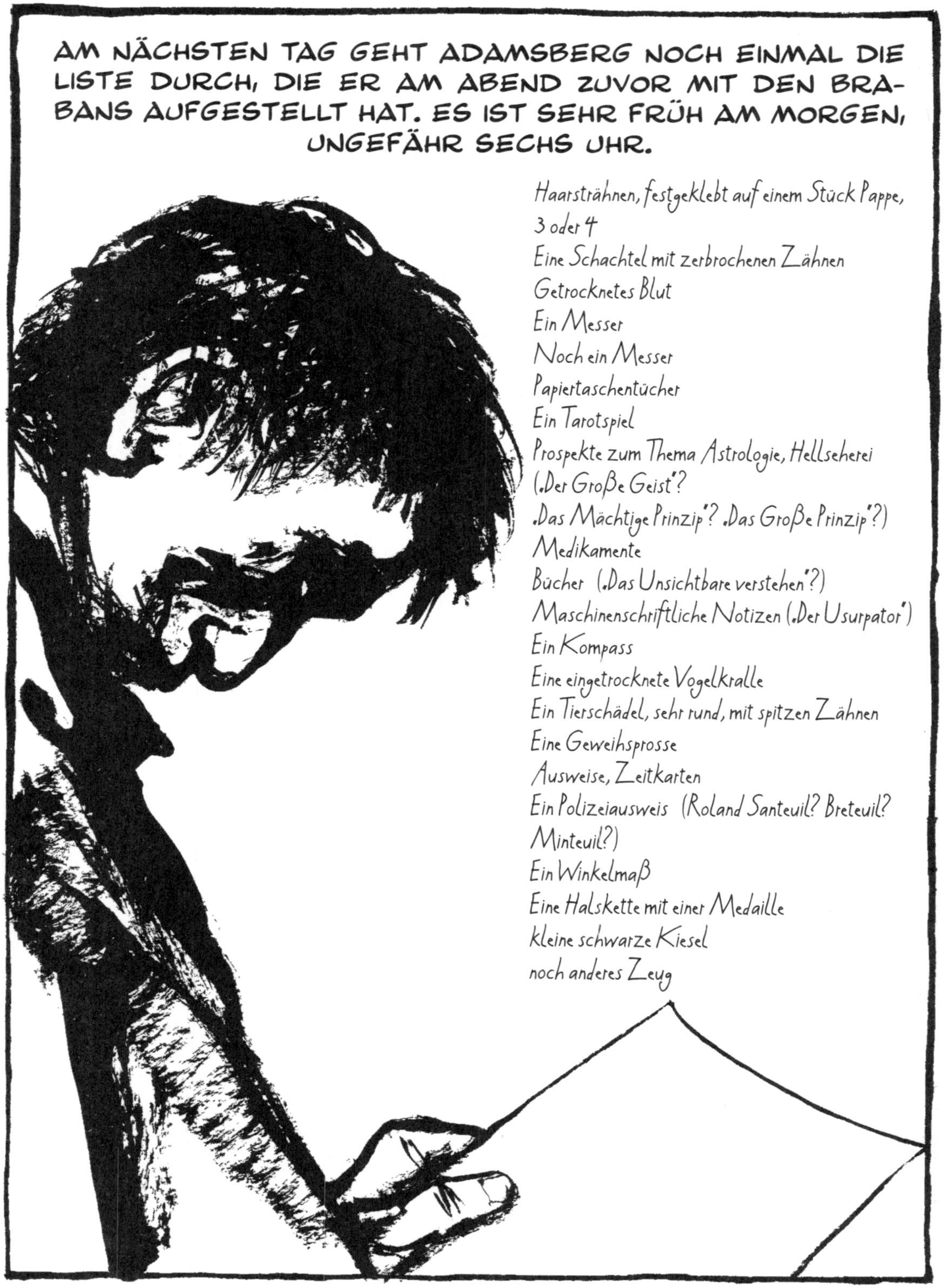
AM NÄCHSTEN TAG GEHT ADAMSBERG NOCH EINMAL DIE LISTE DURCH, DIE ER AM ABEND ZUVOR MIT DEN BRABANS AUFGESTELLT HAT. ES IST SEHR FRÜH AM MORGEN, UNGEFÄHR SECHS UHR.
Haarsträhnen, festgeklebt auf einem Stück Pappe, 3 oder 4
Eine Schachtel mit zerbrochenen Zähnen
Getrocknetes Blut
Ein Messer
Noch ein Messer
Papiertaschentücher
Ein Tarotspiel
Prospekte zum Thema Astrologie, Hellseherei („Der Große Geist“?
„Das Mächtige Prinzip“? „Das Große Prinzip“?)
Medikamente
Bücher („Das Unsichtbare verstehen“?)
Maschinenschriftliche Notizen („Der Usurpator“)
Ein Kompass
Eine eingetrocknete Vogelkralle
Ein Tierschädel, sehr rund, mit spitzen Zähnen
Eine Geweihsprosse
Ausweise, Zeitkarten
Ein Polizeiausweis (Roland Santeuil? Breteuil? Minteuil?)
Ein Winkelmaß
Eine Halskette mit einer Medaille
kleine schwarze Kiesel
noch anderes Zeug

DANGLARD? NATÜRLICH WEISS ICH, DASS ES SECHS UHR IST. WENN ICH SIE AUFWECKE, DANN, WEIL ICH SIE BRAUCHE.
ES IST SAMSTAG, VERFLUCHT.
– WERFEN SIE SICH EIN HEMD ÜBER UND KOMMEN SIE HER, SICH WAS ANSEHEN. DIE BRABANS HABEN GEREDET. ES GAB TATSÄCHLICH EINE TASCHE, UND ICH WEISS, WAS DRIN IST.
– ICH WERF MIR GAR NICHTS ÜBER, KOMMISSAR. ICH BLEIB IN MEINEM BETT UND RÜHR MICH NICHT.
– AUCH GUT, MEIN LIEBER. DANN KOMME ICH.
– KANN DAS NICHT BIS MITTAG WARTEN?
– NEIN. ICH BRINGE BROT MIT.
– ZWEI ZITRONEN UND STERNANIS WÄREN MIR LIEBER. SCHAFFEN SIE MIR DAS RAN, WENN ICH DENKEN SOLL.
– MACHEN SIE WITZE? WO SOLL ICH DAS SO FRÜH AM MORGEN HERKRIEGEN?
– AUS DER UNTERSTEN SCHUBLADE VON MEINEM SCHREIBTISCH. KLINGELN SIE NICHT, SONST WACHEN DIE KINDER AUF.

HABEN SIE DAS ZEUG?
DANGLARD GREIFT SICH EIN GLAS, SCHNEIDET DIE ZITRONEN AUF, PRESST SIE AUS UND GIBT DEN STERN-ANIS UND ZWEI ZENTIMETER WODKA DAZU. UMRÜHREN.
WUNDERMITTEL VOM URURGROSSVATER, WEHRPFLICHTIGER ALKOHOLIKER IM KRIEG SIEBZIG/EINUNDSIEBZIG. WURDE BEI DEN DANGLARDS VON GENERATION ZU GENERATION WEITERGEGEBEN.

DANGLARD TRINKT LANGSAM SEIN WUNDERMITTEL. ER HÖRT, WIE ADAMSBERG IN DER KÜCHE KAFFEE ZUBEREITET. ZEHN MINUTEN SPÄTER HAT DER KOMMISSAR IHNEN ZWEI TASSEN EINGESCHENKT UND DAS BROT IN STÜCKE GEBROCHEN.
DANGLARD, SAGT IHNEN DAS WAS, SO EINE GESCHICHTE VON EINEM TYPEN, DER FREI WAR, RAUCHTE UND VON IRGENDWELCHEN NEBELN BESTIEGEN WAR?
„FREI WAR ICH, UND ICH RAUCHTE, VON NEBELBLAU BESTIEGEN, ICH STIESS DURCH FEUERHIMMEL, ICH STIESS SIE ALLE EIN ...“?
GENAU.
„DOCH WAHR, GENUG DES WEINENS! DER MORGEN MUSS ENTTÄUSCHEN.
OB NACHT-, OB TAGGESTIRNE, KEINS, DAS NICHT BITTER WÄR: ICH SCHWOLL VON HERBER LIEBE, ERSTARRT IN LIEBESRÄUSCHEN – O DU MEIN KIEL, ZERSPLITTRE! UND ÜBER MIR SEI, MEER!“
DER MORGEN ENTTÄUSCHT DURCHAUS NICHT: IHR VERSTAND FUNKTIONIERT.
– LEIDER. DER FUNKTIONIERT IM DAUERBETRIEB. SELBST WENN ICH SCHLAFE. ICH ARBEITE IM DREI-SCHICHT-SYSTEM, ES IST EIN KREUZ. ICH KANN DIE MASCHINE EINFACH NICHT ABSCHALTEN. DA IST KEIN KNOPF FÜR VORGESEHEN.

ICH DAGEGEN KANN SIE NICHT EINSCHALTEN. ICH HAB DIE STECKDOSE NIE GEFUNDEN. ICH NEHME AN, MEIN MOTOR LÄUFT PIANISSIMO MIT SOLARENERGIE.
ICH WEISS. DA HABEN SIE GLÜCK.
PAPA? IST IRGENDWAS LOS?
DAS IST NUR EINER, DEM ICH EIN PAAR VERSE AUFSAGEN SOLL. GEHT WIEDER INS BETT, MÄDELS.
UND, DIESES GEDICHT?
VON RIMBAUD. IST DAS WICHTIG?

DER SCHAUSPIELER HAT GESTERN ABEND EIN STÜCK DARAUS GEMURMELT, UND DA WÜSSTE ICH'S SCHON GANZ GERN. SAGEN SIE MAL, DANGLARD, DA LIEGT JEMAND IN IHREM BETT. WUSSTEN SIE DAS?
UND AUSNAHMSWEISE BEDAURE ICH ES NICHT, ICH SAGTE IHNEN JA, SIE WÜRDEN STÖREN.
WOLLEN WIR SIE SCHLAFEN LASSEN?
DIE BEIDEN MÄNNER ZIEHEN LEISE IN DIE KÜCHE UM, UNTER MITNAHME VON BROT, KAFFEE, ANIS UND WODKA.
IN DER TASCHE, DANGLARD, WAREN GESTOHLENE AUSWEISE, EIN BIBLIOTHEKSAUSWEIS, EIN KANTINENAUSWEIS ... UND EIN POLIZEIAUSWEIS. ROLAND SANTEUIL, ODER BRETEUIL, ODER MINTEUIL. SAGT IHNEN DAS IRGENDWAS?
ROLAND VINTEUIL, DIVISIONNAIRE IN RENNES.
VINTEUIL ... WAR DER NICHT IN PAU?
ALS ER NOCH INSPEKTOR WAR.

JA. ICH HAB VIER MONATE UNTER IHM GEARBEITET, IST FAST ZWANZIG JAHRE HER. JETZT ERINNERE ICH MICH AN DEN MANN. SEHR PATENT, EINE KÄMPFERNATUR. EISERNE HAND IN EINEM EISERNEN HANDSCHUH. ER WUSSTE EINE MENGE SACHEN, UNGEFÄHR SO WIE SIE, DANGLARD.
WIESO BIST DU AUF? STIMMT WAS NICHT?
ES IST NICHTS, NUR DIESER KERL, DER MIR SEINE ERINNERUNGEN ERZÄHLT. LEGT EUCH WIEDER HIN, JUNGS.
WENN SICH VINTEUIL SEINEN AUSWEIS VON DEM WIDDER HAT KLAUEN LASSEN, BESTEHT EINE CHANCE, DASS ER DEN MANN GESEHEN HAT, DASS ER IHN UNS BESCHREIBEN KANN.
DER WIDDER. SIND WIR IMMER NOCH BEI DEM?
WIR HABEN IHN GENAU VOR UNS. SCHAUEN SIE SICH DIE LISTE AN, DAS WAR IN DER TASCHE DRIN. DIE ZÄHNE, DIE HAARE ... STAMMT ALLES VON SEINEN OPFERN.

WAS SAGEN SIE DAZU?
– OKKULTISMUS, SCHWARZE MAGIE ...
– HELLSEHEREI, ASTROLOGIE ...
– ABER SEINE AUSRÜSTUNG IST GANZ UND GAR NICHT KLASSISCH. DER BEDIENT SICH BEI DER MITTELALTERLICHEN HEXENKUNST EBENSO WIE BEIM VOODOO UND BEI KELTISCHEN KULTEN, BEI DER FREIMAUREREI, DEN TIERKREISEN ... DER HAT GLEICH MEHRERE EISEN IM FEUER. ER HAT NICHTS VON EINEM ADEPTEN. DER TYP SCHAFFT SICH SEINEN EIGENEN KULT.
– ZWANGSLÄUFIG.
– KOMMT AUF DIE ZAHL DER ANHÄNGER AN. AUF JEDEN FALL EIN DOGMA. NEUES DOGMA.
– DAS WÜRDE ZU DER HIPPE PASSEN. RITUALMORDE, EIN DRUIDENINSTRUMENT.
– ER IST WIDDER, ASZENDENT WIDDER, DA BIN ICH SICHER. ER ZEICHNET MIT SEINEM STERNZEICHEN.
– DESSEN MEISTER ER IST.
– EINE SEKTE?

– GANZ SCHÖNER HAUFEN SCHEISSE. EINE HÖLLE VISIONÄRER LEHREN UND AUSROTTUNG IHRER WIDERSACHER.
WO IST GRÉGOIRE? IN SICHERHEIT?
AUF DER FLUCHT.
ALARMIEREN WIR DOUCELET?
DER IST EIN IDIOT.
– VIELLEICHT IST ES BESSER, EINEN IDIOTEN ZU INFORMIEREN, ALS DEM WIDDER ALLEIN GEGENÜBERZUSTEHEN. EIN TYP, DER GLAUBT, DAS RÄTSEL DER WELT LÖSEN ZU KÖNNEN, IST GEFÄHRLICHER ALS EIN ERDBEBEN.
ER IST EIN IDIOT. ER WIRD SAGEN, DASS ZÄHNE UND HAARE DAS HARMLOSE SORTIMENT EINES HÄNDLERS FÜR ZAUBERUTENSILIEN SIND, WIE ES SIE ZU TAUSENDEN IM LAND GIBT.

UND DA WIR DIE ZÄHNE NICHT HABEN, GIBT ES KEINE MÖGLICHKEIT, SIE MIT DER DNA DER OPFER ZU VERGLEICHEN. BEI EINEM IDIOTEN BRAUCHT MAN SCHLAGENDE ARGUMENTE. DIE HABEN WIR NICHT.
HAT GRÉGOIRE DIE TASCHE?
SCHEINT NICHT SO.
– WISSEN DIE BRABANS, WO DER JUNGE HIN IST?
– WIR SOLLTEN UNS BEEILEN. BEVOR DER WIDDER UNS ZUVORKOMMT.
– SIEBEN UHR.
– NEIN. WIR WARTEN DRAUF, DASS ER SICH MELDET.
– WIE SPÄT IST ES?
– WIR WARTEN, BIS SIE AUFGESTANDEN SIND, DANN FAHREN WIR HIN. BIS DAHIN FINDEN SIE ROLAND VINTEUIL.

NICHTS NEUES?
DOCH. EIN PÄCKCHEN.

WOHER KOMMT ES?
AUS ORANGE. AUFGEGEBEN GESTERN MITTAG.

KEINE ADRESSE?
KEINE NACHRICHT DABEI?
NEIN.
NEIN. IN DEM KARTON SECHS DOSEN UND EINE MENGE KRONKORKEN.
KENNT ER JEMANDEN IN ORANGE?
ICH GLAUBE. IN ORANGE ODER UMGEBUNG.
MÖCHTEN SIE EINEN KAFFEE?

DANKE. WEN?
EINE ENGLISCHLEHRERIN, DIE ER IN DER SECHSTEN HATTE, ALS WIR NOCH IN BOBIGNY WOHNTEN. SIE HIESS LOISELEUR, MADEMOISELLE LOISELEUR.
ER MOCHTE SIE, WEIL SIE IHN MOCHTE.
JA, SO IST ES IMMER.
ER HAT SIE AUCH SPÄTER AB UND ZU BESUCHT.
HABEN SIE EIN MINITEL?
SIE HEISST NICHT MEHR LOISELEUR. SIE HAT GEHEIRATET UND IST WEG AUS DER GEGEND. GRÉGOIRE HAT IHR EIN ODER ZWEI MAL GESCHRIEBEN.
WISSEN SIE IHREN NAMEN?

DUPONT, ODER DURAND, LEIDER.
SCHEISSE.
VIELLEICHT FANGEN WIR MIT DEN DUPONTS IM VAUCLUSE AN?
KENNEN SIE IHREN VORNAMEN?
NEIN. WIR HABEN IMMER „MADEMOISELLE" GESAGT.
DANN IST ES UNMÖGLICH. ES WÜRDE ZU VIEL ZEIT KOSTEN.
WER IST DAS MÄDCHEN DA DRAUSSEN?
EINE FREUNDIN VON GRÉGOIRE. SIE IST GESTERN HIER AUFGE-TAUCHT, MACHT SICH SORGEN UM DEN KLEINEN.
ICH DACHTE, GRÉGOIRE HÄTTE KEINE FREUNDIN.

OFFENSICHTLICH DOCH.
UND SEIT WANN?
SEIT MITTWOCH. ER HAT IHR GEHOLFEN, IHR FAHRRAD WIEDER FLOTTZUKRIEGEN, SIE HATTE EINEN PLATTEN, GENAU HIER VORM HAUS. AM NÄCHSTEN TAG WAR SIE WIEDER DA, UND SIE SIND ZUSAMMEN WEGGEGANGEN. MIR SCHEINT, SIE MOCHTE IHN.
UND SIE STEHT SEIT GESTERN DORT?
– SO GUT WIE. SIE KOMMT, SIE GEHT. SIE MACHT SICH SORGEN UM IHN, ECHT SÜSS.
HABEN SIE IHR DAS MIT ORANGE GESAGT?
– IST DOCH NORMAL, ODER?
HIMMEL, ARSCH UND ZWIRN!

WER WAR DAS AM TELEFON?
DAS GEHT SIE NICHTS AN.
WER?
SIE NANNTE IHN „GROSSVATER".
– WAS HABEN SIE IHM GESAGT?
– SIE KÖNNEN MICH MAL. ICH HAB MICH NACH IHM ERKUNDIGT.
NEIN. SIE SAGTE IHM WAS VON ORANGE.

– JA. ICH SEH'S DIR AN, DU KENNST ES. UND DU HILFST DEM GROSSEN PRINZIP, GRÉGOIRE WIEDERZUFINDEN. NICHT WAHR, MÄDCHEN? SAG MIR, WO DEIN ALTER IST, ODER DU WIRST WEGEN BEIHILFE ZUM MORD ANGEKLAGT.
– SIE SIND JA ÜBERGESCHNAPPT. ALLE BULLEN SIND ÜBERGESCHNAPPT.
– ER HAT DICH HIERHERGESCHICKT, ODER?
– SCHEISSE.
– ER HAT DICH BEAUFTRAGT, GRÉGOIRE AM MITTWOCH ABZUFANGEN?
– SCHEISSE.
– ER VERLANGT VON DIR, DASS DU IHM HILFST, IHN UMZUBRINGEN?

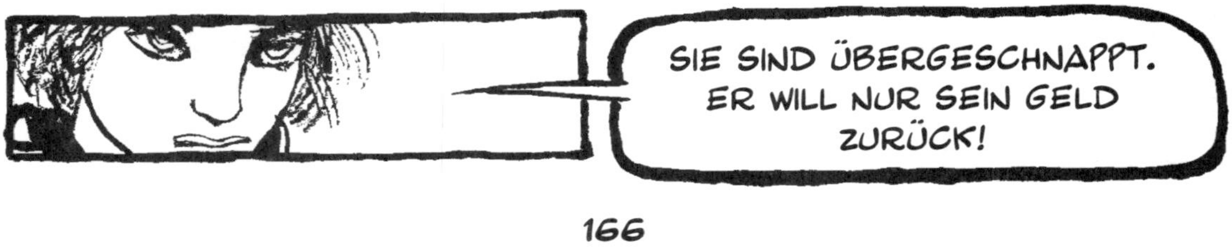

DAS HAT ER DIR GESAGT?
GRÉGOIRE HAT IHM SEINE TASCHE GEKLAUT. DREISSIGTAUSEND FRANCS! GROSSVATER BRAUCHT SIE. IST DOCH NORMAL, DASS ICH IHM HELFE, VERFLUCHT!
DA LIEGST DU FALSCH, MÄDCHEN. IST ER WIRKLICH DEIN GROSSVATER?
NEIN. ER IST EIN FREUND. ER IST MEIN BESCHÜTZER.
DAS PASST. DEIN BESCHÜTZER HAT VIER PERSONEN UMGELEGT, UND ER WIRD AUCH GRÉGOIRE TÖTEN. DEIN BESCHÜTZER IST DER „WIDDER".
SIE REDEN STUSS. ES IST GROSSVATER, ICH SAG'S IHNEN.
DU RUFST IHN JETZT AN UND SAGST IHM, DASS GRÉGOIRE NICHT MEHR IN ORANGE IST. UND DU WIRST DICH MIT IHM VERABREDEN. HEUTE, AN DER KIRCHE VON STAINS. DIE ZEIT SOLL ER BESTIMMEN. MACH SCHON.

GROSSVATER?
DU MUSST FLIEHEN, GROSSVATER, VERSCHWINDE! DIE BULLEN SUCHEN DICH! VERSCHWINDE!

– DAS RISIKO, UNS ZU IHREM ALTEN ZU FÜHREN, WIRD SIE NICHT EINGEHEN. BRINGT SIE ZUM REDEN, SOWEIT IHR'S SCHAFFT, WENN IHR ES SCHAFFT. ICH SAUSE NACH ORANGE.
– DER WIDDER IST AUCH AUF DEM WEG NACH ORANGE.
– WIR MÜSSEN DEN JUNGEN VOR IHM FINDEN. ABER WIR WISSEN ETWAS, DAS DER WIDDER, GLAUBE ICH, NICHT WEISS.
– WAS?

– MIST.
– ER IST OFT WEG, ABER NIE LÄNGER ALS ZEHN TAGE. DIE FRAU MACHT SICH SORGEN.
– BESTEHT JA AUCH DURCHAUS GRUND DAZU.
– SOLLTE ER IHN GETÖTET HABEN?
– UM AN SEINEN AUSWEIS HERANZUKOMMEN, VIELLEICHT. ES SEI DENN, DIE ALTE SPÜRNASE VINTEUIL HAT DEN WIDDER AUSFINDIG GEMACHT UND EINE KLEINE ERMITTLUNG AUF EIGENE FAUST ANGEFANGEN. DAS KANN IHN DAS LEBEN GEKOSTET HABEN.
– WAS MACHEN WIR? SOLL ICH VOR ORT NACHFORSCHEN?
– NEIN, ZUNÄCHST DAS ALLERDRINGLICHSTE. VERSUCHEN SIE AUS DEM MÄDCHEN EINE BESCHREIBUNG IHRES ALTEN HERAUSZUBEKOMMEN. UND BRINGEN SIE IN ERFAHRUNG, WELCHE STERNZEICHEN DIE DREI OPFER DES WIDDERS WAREN.
– IST DAS WICHTIG?
– ICH WEISS NICHT. ICH RUF SIE VON ORANGE AUS AN.
– GOTTVERLASSENE STADT.
– JA.

ORANGE, GRÉGOIRE, DAS ALTE THEATER.
WENN DU ANGST HAST, WENN IRGENDWAS SCHIEFLÄUFT.
WARUM, GLAUBST DU, SUCHT ER DICH, IDIOT? ADAMSBERG IST VON DER KRIPO, DER GIBT SICH NICHT MIT KLEINEN TASCHENDIEBEN AB.

G. AN E.
ICH BIN IN DEINER STADT.
ICH WARTE AUF DICH.
ICH WARTE IN DEM RUNDEN THEATER AUF DICH.
ICH LIEBE DICH.
MÄDCHEN AUS ORANGE, WENN DU DAS HIER LIEST
...
FÜR DAS MÄDCHEN MIT DEM FAHRRAD ...
ICH SITZE AUF DEN ZUSCHAUERRÄNGEN.
ICH WERDE ACHT TAGE AUF DICH WARTEN.
ICH MÖCHTE EINE ANZEIGE AUFGEBEN.
WIE VIELE ZEICHEN?
EINUNDSIEBZIG.
WIE OFT?
SIEBEN MAL.

CAFÉS, KRONKORKEN, CAFÉS, WIEDER ZURÜCK INS ALTE THEATER.
KÖNNTEN SIE MIR DEN KRON-KORKEN DALASSEN, BITTE?
ABER GERN.
HÄTTEN SIE ZUFÄLLIG NOCH MEHR?
DIE SIND FÜR MEINEN VATER, ER SAMMELT SIE.
WENN SIE GEDULD HABEN, GEBE ICH IHNEN IN EINER STUNDE FÜNFZIG STÜCK.
HÄTTEN SIE ZUFÄLLIG NOCH MEHR? DIE SIND FÜR MEINEN VATER, ER SAMMELT SIE.
WARUM, GLAUBST DU, SUCHT ER DICH, IDIOT?

AUTOBAHN RICHTUNG SÜDEN, IN DER NÄHE VON VALENCE.
UND WIE REGLE ICH DAS MIT MEINER BANK AM MONTAG?
DU REGELST GAR NICHTS. DU GEHST NICHT HIN.
ICH BIN KORREKT.
DANN BIST DU EBEN MAL NICHT KORREKT.
IN EINER STUNDE SIND WIR DA. SOBALD WIR IN ORANGE SIND, SUCHT GRATIEN IM NORDEN, GAUTHIER IM OSTEN, GUILLAUME IM WESTEN UND ICH IM SÜDEN. KAUFT EUCH EINEN PLAN UND HAKT JEDES CAFÉ AB, IN DEM IHR NACHGEFRAGT HABT. IHR RUFT MICH ALLE VIERTELSTUNDE AUF MEINEM HANDY AN. TREFFPUNKT UM ZWANZIG UHR AM WAGEN.
UND BITTE, SAMMELT IN DEN CAFÉS NICHT AUCH NOCH KRONKORKEN. DAS ERGÄBE EIN HEILLOSES DURCHEINANDER.

EIN JUNGER, DUNKELHAARIGER MANN, SCHLANK, MIT INLINESKATES, DER KRONKORKEN VON BIERFLASCHEN SAMMELT?
ICH SEHE ALLERHAND, ABER DAMIT KANN ICH NICHT DIENEN.
HABEN SIE VIELLEICHT EINEN JUNGEN GESEHEN, EIN BISSCHEN SCHLAMPIG GEKLEIDET, DUNKELHAARIG, MIT GROSSEN BRAUNEN AUGEN, DER SIE NACH KRONKORKEN GEFRAGT HAT?

ZUM GLÜCK, NEIN. PENNER WILL ICH IN MEINEM LADEN NICHT HABEN.
IDIOT!
WAS FÄLLT IHNEN EIN?
VERGISS ES, ALTER, VERSTEHST DU EH NICHT. IST ZU HOCH FÜR DICH.
SIE HABEN NICHT ZUFÄLLIG DIESEN JUNGEN GESEHEN? DAS IST MEIN KLEINER BRUDER. ER SAMMELT KRONKORKEN VON BIERFLASCHEN.
NEIN. ABER FALLS ICH IHN SEHEN SOLLTE ... IST ER ABGEHAUEN?
JA.
KEINE SORGE. AUCH DAS GEHT VORÜBER.

– GANZ PLÖTZLICH, UM EIN MÄDCHEN WIEDERZUFINDEN. MEINE MUTTER HAT EINE HEIDENANGST.

BLÖDE SACHE. ABER DA MUSS JEDER DURCH, STIMMT'S?
WANN UNGEFÄHR WAR ER HIER?
ZWISCHEN ZWEI UND DREI. NACH DER STOSSZEIT.
DARF ICH MAL KURZ TELEFONIEREN?
ADAMSBERG! ICH HAB IHN. ALSO, ICH HAB EINE KNEIPE.
WO BIST DU?
WIE HEISST DAS HIER?
ZUR KLEINEN THEKE.
ZUR KLEINEN THEKE, FÜNFZIG METER VOM THEATER ENTFERNT.
WANN WAR ER DORT?
ZWISCHEN ZWEI UND DREI.
WEITERSUCHEN.
WIR SUCHEN EINEN JUNGEN MANN, ETWA NEUNZEHN, SCHLANK, DUNKELHAARIG, MIT INLINESKATES.
UND ZIEMLICH GROSSEN OHREN.
ER GEHT DURCH DIE BARS UND SAMMELT KRONKORKEN. HABEN SIE IHN GESEHEN?
TUT MIR LEID, ABER ICH GEBE KEINE AUSKUNFT. UNSERE KUNDSCHAFT IST UNS HEILIG.

KRIMINALPOLIZEI, PARIS.
'TSCHULDIGUNG, ICH DACHTE, SIE WÄREN VON HIER. DER JUNGE WAR VORHIN HIER. ER IST MINDESTENS ZWEI STUNDEN GEBLIEBEN. ER HAT DREI BIER GE-TRUNKEN.
WELCHE MARKE?
DESPERADOS.
SEHR GUT. DESPERADOS FEHLEN UNS NOCH, FÜR DEN FRÜHLING. GRÉGOIRE IST NOCH GUT DRAUF.
WANN UNGEFÄHR WAR DAS?
– SO ZWISCHEN DREI UND FÜNF. KANN MICH ABER AUCH IRREN. ICH ÜBERWACHE MEINE KUND-SCHAFT NICHT. BIN JA KEIN BULLE.
– ES REICHT.
– SORRY, ABER JEDEM SEINE MEINUNG. ICH HAB KEINE ANGST VOR DER POLIZEI.
– DARUM GEHT'S NICHT. HABEN SIE IHN WEGGEHEN SEHEN?
– JA.
IN RICHTUNG THEATER.
ICH DANKE IHNEN.
KEINE URSACHE. HATTE JA KEINE WAHL.
BZZZ BZZZ BZZZ BZZZ
JA, IN ZWEI CAFÉS. KOMM ZU UNS INS THEATER.

SEHEN ECHT SELTSAM AUS, DIE BULLEN HEUTZUTAGE. ICH HATTE SIE GAR NICHT GEROCHEN. HAST DU DEN TRUPP GESEHEN?
SOLLTEN WIR NICHT EHER IN EINER DER KNEIPEN AUF IHN WARTEN?
ICH WILL EINEN BLICK INS THEATER WERFEN. ES IST KREISFÖRMIG, IN SICH GESCHLOSSEN, ABER MAN SIEHT DEN HIMMEL. EIN GUTES REFUGIUM ... UNGEFÄHR WIE EIN ZUG.
SIND ZÜGE KREISFÖRMIG?
IRGENDWIE SCHON.

IST DAS NICHT ...
DORT OBEN SITZT ER. WARTET HIER AUF MICH.
SIE WERDEN IHN NUR WIEDER IN DIE FLUCHT SCHLAGEN.
DANN BLOCKT IHN EBEN AB. WIE EINEN BALL.

ICH HATTE DOCH GESAGT, DU SOLLST MICH ANRUFEN, WENN WAS SCHIEFLÄUFT.
ABER ICH BIN TROTZDEM GEKOMMEN.
ES LÄUFT NICHTS SCHIEF.
DOCH, UND DU RISKIERST KOPF UND KRAGEN DABEI.
WIESO SIND SIE HINTER MIR HER?
NICHT ICH BIN HINTER DIR HER, SONDERN DER WIDDER.
VERSTEH ICH NICHT.
DER TYP, DEN DU AUSGERAUBT HAST.
ICH HAB NIEMAND AUSGERAUBT.
SCHON GUT, GRÉGOIRE, DARUM GEHT'S NICHT MEHR. DER TYP, DEN DU AUSGERAUBT HAST. UND DER VINCENT UMGEBRACHT HAT. DAS IST DER WIDDER.

ER IST IN ORANGE, ER SUCHT DICH. BEDANK DICH BEI DEN VIER STRÖMEN, DASS ICH DICH VOR IHM GEFUNDEN HAB.
DER WIDDER? DER TYP MIT DEM ROTEN MAL?
DER TYP, DER DAS GESICHT SEINER OPFER ZERTRÜMMERT UND IHNEN ZÄHNE RAUSBRICHT. DIE ER IN EINE SCHWARZE SCHACHTEL LEGT. DER IHNEN HAARE ABSCHNEIDET. DIE ER AUF EIN STÜCK PAPPE KLEBT. DAS ER IN EINEN BEUTEL STECKT. DEN DU DANN KLAUST.
ICH HAB IHN NICHT AUSGE-RAUBT.
DU HAST IHN AUSGERAUBT. HÖR AUF, MICH DAMIT ZU NERVEN. WIR HABEN DEINE FINGERABDRÜCKE AUF DEM BOILER. ENTSINNST DU DICH? DU BIST EIN ANFÄNGER, GRÉGOIRE.
JETZT KOMM ICH IN DEN KNAST, ODER?
ICH HABE KEINEN BEWEIS.

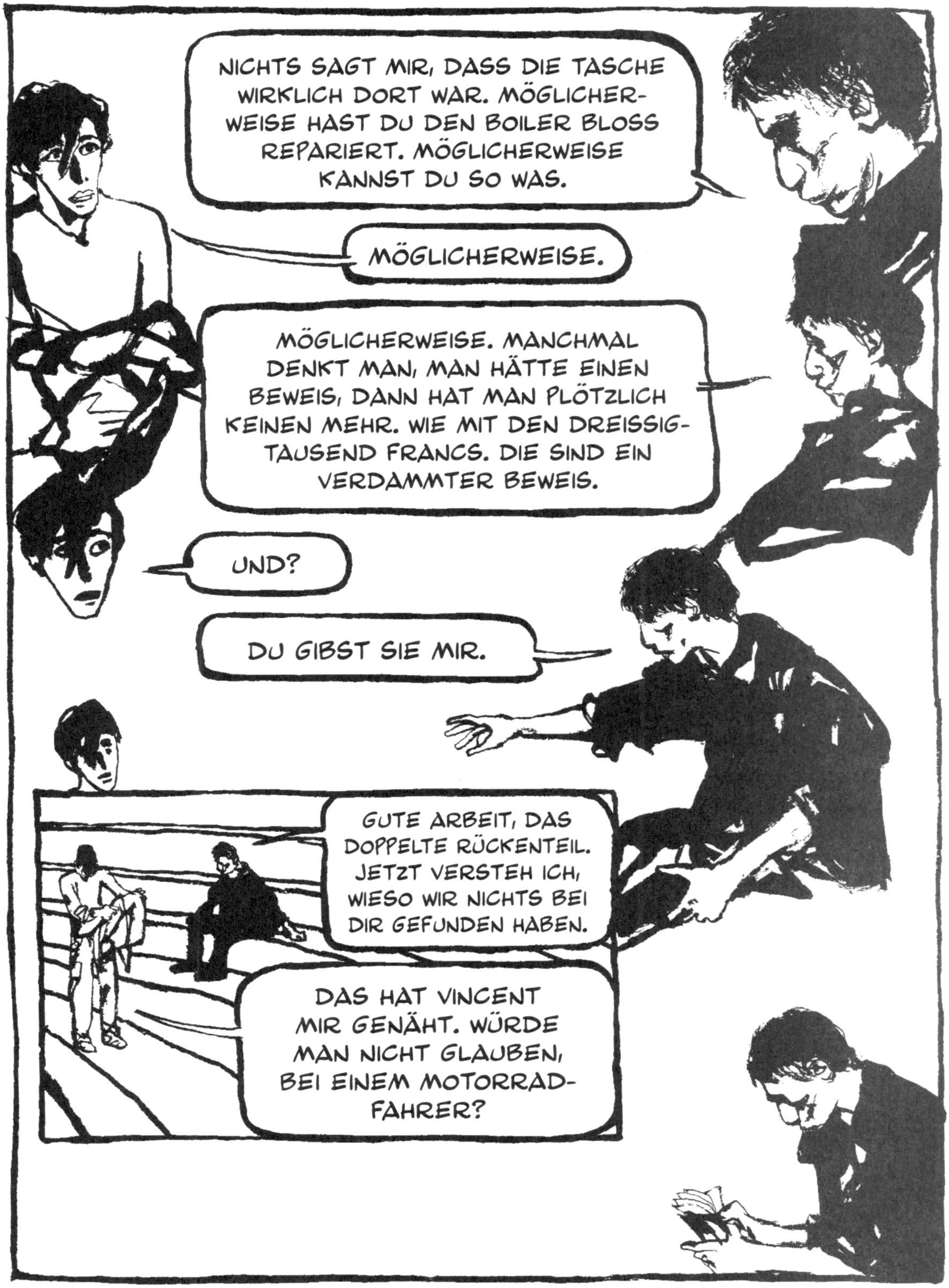
NICHTS SAGT MIR, DASS DIE TASCHE WIRKLICH DORT WAR. MÖGLICHERWEISE HAST DU DEN BOILER BLOSS REPARIERT. MÖGLICHERWEISE KANNST DU SO WAS.
MÖGLICHERWEISE.
MÖGLICHERWEISE. MANCHMAL DENKT MAN, MAN HÄTTE EINEN BEWEIS, DANN HAT MAN PLÖTZLICH KEINEN MEHR. WIE MIT DEN DREISSIGTAUSEND FRANCS. DIE SIND EIN VERDAMMTER BEWEIS.
UND?
DU GIBST SIE MIR.
GUTE ARBEIT, DAS DOPPELTE RÜCKENTEIL. JETZT VERSTEH ICH, WIESO WIR NICHTS BEI DIR GEFUNDEN HABEN.
DAS HAT VINCENT MIR GENÄHT. WÜRDE MAN NICHT GLAUBEN, BEI EINEM MOTORRADFAHRER?

GEHÖRT DAS DIR?
DAS WAR AUCH DA DRIN. ICH HAB NICHTS ANGEFASST.
Reinigung
Kippen
Verkehrsvignetten
Fotokopien
Eier
Obst
M. anrufen
Hausmeisterin bestätigen
Neue Adresse: Quai de Montebello 4
DANKE, GRÉGOIRE.

GLAUBST DU, ES IST ALLES OK?
ICH DENKE SCHON.
JETZT KOMME ICH MONTAG DOCH NOCH PÜNKTLICH IN DIE BANK.
DU WIRST KORREKT SEIN.
„AUFGEWÜHLT VON SELTSAMEM VERLANGEN, SAH ICH SIE HEUTE NACHT AN DIESEM ORT ERSCHEINEN ...“

– UND GUILLAUME UND GAUTHIER? WAS MACHEN DIE HIER?
– SIE SCHAUEN IHM ZU. WEISST DU, WORAN ICH DENKEN MUSS, WENN ICH EUCH VIER SO SEHE?
– NEIN.
– AN DIE VIER STRÖME. ICH FRAGE MICH, OB EUER VATER DA NICHT AUCH SEINE VIER SÖHNE BAUT.
– BLOSS EINER IST SEIN SOHN. WIR WISSEN NICHT, WER.
– EIN STROM BEI DER SKULPTUR HAT EIN VERSCHLEIERTES GESICHT.

– ODER ES HEISST, DER NIL IST DER ECHTE SOHN. ER IST VER-SCHLEIERT, WEIL DEIN VATER NICHT WISSEN WILL, WER ES IST.

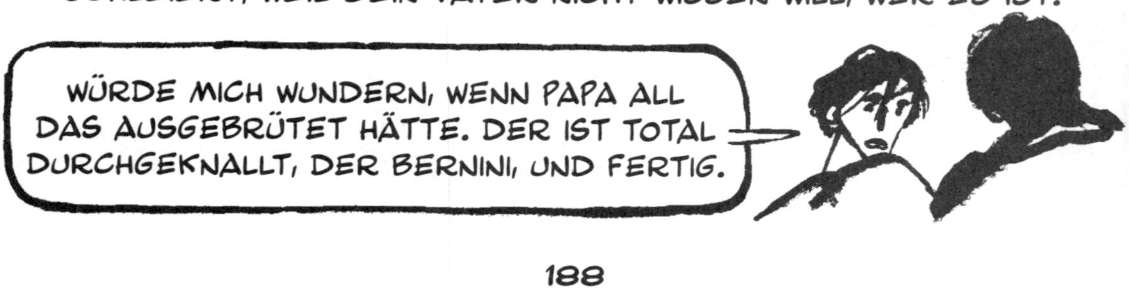

– ICH HAB NICHT GESAGT, DASS ER'S WEISS.
– ACH SO, WIR REDEN
VOM KRAMLADEN
DES UNBEWUSSTEN.

„DU WEISST ES JA, NARCISSUS. SEI ES, DASS IHR GROLL MICH JENES UNGLÜCKS ZIEH, DAS IHR DEN BRUDER NAHM ..."
„NARCISSUS, WIE! DA KEINE RÖMERIN SICH FINDEN LÄSST, DIE SICH DURCH MEINE LIEBE NICHT GEEHRT, GESCHMEICHELT FÜHLT ..."
DANGLARD? WIR HABEN DEN JUNGEN. ALLES GLATT VERLAUFEN. ER STEHT AUF DER BÜHNE DES ANTIKEN THEATERS UND REZITIERT. HÖREN SIE ES?
JA. DAS IST „BRITANNICUS".

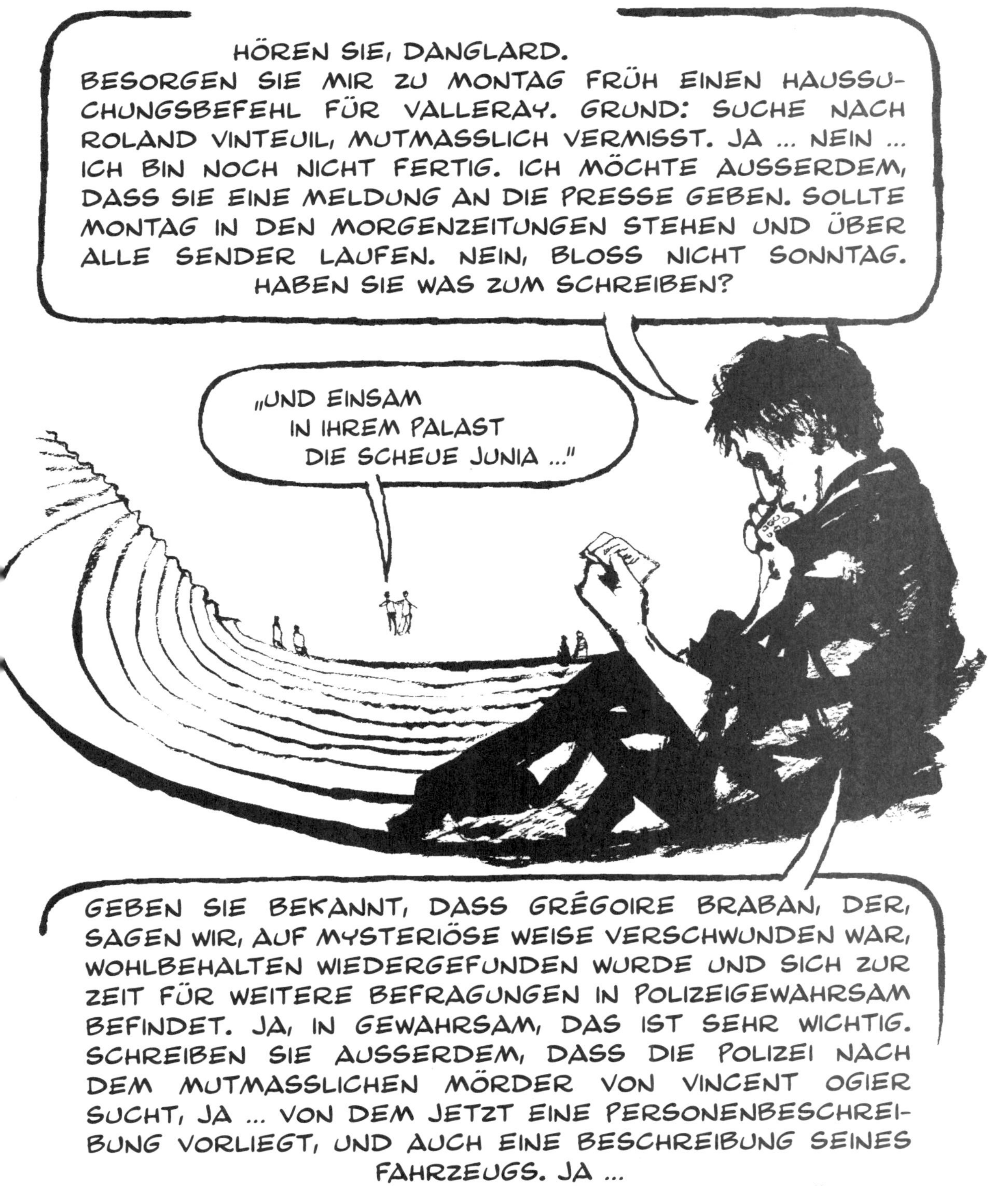
HÖREN SIE, DANGLARD. BESORGEN SIE MIR ZU MONTAG FRÜH EINEN HAUSSUCHUNGSBEFEHL FÜR VALLERAY. GRUND: SUCHE NACH ROLAND VINTEUIL, MUTMASSLICH VERMISST. JA ... NEIN ... ICH BIN NOCH NICHT FERTIG. ICH MÖCHTE AUSSERDEM, DASS SIE EINE MELDUNG AN DIE PRESSE GEBEN. SOLLTE MONTAG IN DEN MORGENZEITUNGEN STEHEN UND ÜBER ALLE SENDER LAUFEN. NEIN, BLOSS NICHT SONNTAG. HABEN SIE WAS ZUM SCHREIBEN?
„UND EINSAM IN IHREM PALAST DIE SCHEUE JUNIA ...“
GEBEN SIE BEKANNT, DASS GRÉGOIRE BRABAN, DER, SAGEN WIR, AUF MYSTERIÖSE WEISE VERSCHWUNDEN WAR, WOHLBEHALTEN WIEDERGEFUNDEN WURDE UND SICH ZUR ZEIT FÜR WEITERE BEFRAGUNGEN IN POLIZEIGEWAHRSAM BEFINDET. JA, IN GEWAHRSAM, DAS IST SEHR WICHTIG. SCHREIBEN SIE AUSSERDEM, DASS DIE POLIZEI NACH DEM MUTMASSLICHEN MÖRDER VON VINCENT OGIER SUCHT, JA ... VON DEM JETZT EINE PERSONENBESCHREIBUNG VORLIEGT, UND AUCH EINE BESCHREIBUNG SEINES FAHRZEUGS. JA ... NA, DANN FORMULIEREN SIE ES IN GUTEM FRANZÖSISCH, MEIN LIEBER, WENN ES IHNEN SO NICHT GEFÄLLT.

„… FLIEHT UND GERUHT NICHT EINMAL ZU ERFAHREN, OB CÄSAR LIEBE WERT IST ODER LIEBE SCHENKEN KANN. SAG, IST BRITANNICUS IN SIE VERLIEBT?"
„WIE! OB ER SIE LIEBT, SEIGNEUR?"
„KENNT ER SICH SELBST, JUNG WIE ER IST? KENNT ER DAS GIFT EINES VERFÜHRE-RISCHEN BLICKS?"
ICH WILL, DASS DER WIDDER DIE NACHRICHT HÖRT, DIE VER-FOLGUNG AUFGIBT UND SICH IRGENDWO VERKRIECHT.

VON DEM MÄDCHEN WEISS ER, DASS DIE BULLEN HINTER IHM HER SIND. DAS IST UNSERE GROSSE CHANCE.
„MIT EURER GRÖSSE UND MIT SEINER KNECHTSCHAFT HADERND, UMHERGETRIEBEN ZWISCHEN AUFLEHNUNG UND FURCHT, GING ER ZU JUNIA, UND GLÜCKLICH KAM ER WIEDER."
SICH VERKRIECHT? SO ERWISCHEN WIR IHN DOCH NIE.
IM GEGENTEIL, DANGLARD.
„ER IST NUR NOCH MEHR ZU BEJAMMERN, WENN ER IHR GEFÄLLT, NARCISSUS; LIEBER SOLLT ER IHREN ZORN ERSTREBEN. NICHT UNGESTRAFT ERREGT MAN NEROS EIFERSUCHT."
SEHR SCHÖN.
WOLLEN WIR WAS ESSEN GEHEN?
INTERESSANT.

SONNTAGMORGEN, ABFAHRT AUS ORANGE.
BIST DU SICHER, GRATIEN?
WIE HEISST SIE?
DA KANN MAN SICH NICHT IRREN. SIE HAT UNHEIMLICH VIEL INSZENIERT.
KISMET. TRAUEN SIE IHR ETWA NICHT?
ICH WÜSSTE ES LIEBER GENAU. WAS SCHLÄGT SIE VOR?
STATISTENROLLEN ZUNÄCHST. SPÄTER PROBEN. DIE IST EIN PROFI, ADAMSBERG, DA BRAUCHT MAN SICH KEINE SORGEN ZU MACHEN.
PASST DIR DAS, GRÉGOIRE?
PASST MIR. ABER JEMAND MÜSSTE CALAMITY JANE NACH HAUSE BRINGEN.
KÖNNEN SIE SIE VIELLEICHT MITNEHMEN?

VERDAMMT, GRÉGOIRE. DU ALSO HATTEST CALAMITY JANE ENTFÜHRT?
SIE WOLLTE WAS SEHEN VON DER WELT. DU MUSST SIE BESSER PFLEGEN, GAUTHIER. SIE HAT LÄUSE.
WER IST CALAMITY JANE?
EIN ZWERGHUHN, DEM DAS WANDERN IM BLUT LIEGT.
DU WIRST SIE DOCH NICHT ETWA ESSEN?
NACH DEM WEITEN WEG IST SIE EH NICHT MEHR GENIESSBAR.
WANN FÄNGT DER KOMPARSENJOB DENN AN?
IN VIER TAGEN.
BIS DAHIN BLEIB IN DER WOHNUNG DEINER LEHRERIN, GRÉGOIRE. GEH NICHT RAUS! ICH GEB DIR GRÜNES LICHT, SOBALD DER WEG FREI IST. WIRST DU TUN, WORUM ICH DICH BITTE?

– NATÜRLICH.
– WIE HAST DU SIE GETROFFEN?
– SIE HATTE EINEN PLATTEN VOR UNSERM HAUS. EIN NANAGEL IM REIFEN IHRES FAHRRADS.
– ESTELLE?
– SIE WEISS NICHTS. ICH BIN SICHER, SIE WEISS VON NICHTS.
– BIST DU DIR BEWUSST, WELCHES RISIKO DU DA EINGEHST? HAST DU KAPIERT, DASS SIE DER SCHÜTZLING VOM WIDDER IST?
– JA, SIE HAT MICH IN DIE FALLE GELOCKT. ABER SIE HAT MICH AUCH LAUFEN LASSEN.
– UND IHM BESCHEID GEGEBEN, DASS DU HIER BIST. FINDEST DU DAS NETT?

– SIE WEISS NICHTS. SIE WEISS NICHT, WER ER IST.
– DAS GLAUBE ICH AUCH. WARTE, BIS ICH DEN ALTEN GEFASST HAB. ER HAT SIE SICH GEFÜGIG GEMACHT. SIE VERGIFTET.
– ABER WIE FINDEN WIR SIE?
– DA MUSS MAN SICH AN EINEN BULLEN WENDEN, DER HELLSEHEN KANN.

– JETZT KOMMST DU DOCH NOCH RECHTZEITIG ZUR BANK.
– ICH WEISS. ICH WERDE KORREKT SEIN. SIND SIE KORREKT?
– NEIN.
– STÖRT DAS NICHT BEI DER POLIZEI?
– SCHON.
– UND WAS MACHEN SIE UNKORREKTES?
– ICH GEH NICHT INS BÜRO. ICH LAUFE RUM. UND ANSCHLIESSEND TRÄUME ICH VOR MICH HIN. DANN LAUFE ICH WIEDER. WENN ICH IM BÜRO BIN, ZEICHNE ICH.
– UND WIE BEARBEITEN SIE IHRE AKTEN?
– SO WIE ICH'S DIR GERADE GESAGT HAB.
– ICH WEISS NICHT, OB DAS IN DER FINANZWELT GEHEN WÜRDE.
– ADAMSBERG, KÖNNEN WIR MAL KURZ ANHALTEN?
– WARUM?
– CALAMITY HAT MICH VOLLGESCHISSEN.

MONSIEUR VINTEUIL IST NICHT DA.
POLIZEI.
WO
WOUAOU
WOUAOU

NEHMEN SIE EINEN UNAUFFÄLLIGEN WAGEN MIT VIER MANN IN ZIVIL, WAS ZU ESSEN UND ZU TRINKEN, UND KOMMEN SIE NACH VALLERAY. NEIN ... AUF UNBESTIMMTE ZEIT. HEUTE NACHMITTAG ODER ABEND. MIT ETWAS GLÜCK. PARKEN SIE FÜNFZIG METER VOM HAUS ENTFERNT.
WAS IST DENN LOS? HAT MONSIEUR ÄRGER?
ICH WEISS ES NICHT.

REDEN SIE VOR ALLEM MIT NIEMAND DARÜBER. TUT MIR LEID, ABER DAS IST EIN BEFEHL.
UND WAS SAGE ICH, WENN MAN MICH FRAGT?
MAN WIRD SIE NICHT FRAGEN. BLEIBEN SIE BIS MORGEN HIER.
WIR SPERREN NICHT DEN ZUFAHRTSWEG, SONDERN DIE AUSFAHRT. IHR ZWEI BEWACHT DAS HINTERLAND. POSTIERT EUCH IM WAGEN AUF DER LANDSTRASSE.

IHR ZWEI AUF DEM FELDWEG. IN DEM WÄLDCHEN. DANGLARD UND ICH WARTEN DIREKT IM HAUS. ER KOMMT VIELLEICHT IN EINEM WEISSEN LIEFERWAGEN. ABER ICH TIPPE AUF EIN ANDERES AUTO. VIELLEICHT KOMMT ER SOGAR ZU FUSS. RUFEN SIE MICH SOFORT AN.
BAER, FALLS JEMAND UNBEKÜMMERT NEBEN IHNEN PISST, BLEIBEN SIE STOISCH, WENDEN SIE IHRE AUGEN NICHT VOM ZIEL.
ABER ...
AUF DIESE WEISE IST BRABAN IHNEN NEULICH ENTWISCHT.
WARTEN WIR ETWA AUF IHN?
NEIN. AUF EINEN ALTEN, GROSS, KAHLKÖPFIG, GUT ANGEZOGEN.

DANGLARD, DER GERUCH.
GUT.
SIE SOLLTEN DIE MARKE WECHSELN. ES FEHLEN NOCH DESPERADOS.
JEDE BÜCHSE ZÄHLT.
WIR WARTEN DOCH AUF DEN WIDDER, ODER?
JA.

IN DEM HAUS VON VINTEUIL?
JA.
HAT ER ES BESETZT? BENUTZT ER ES ALS VERSTECK?
ER HAT ES NICHT BESETZT, DANGLARD. ES IST **SEIN** HAUS.
SEIT WANN?
SCHON IMMER.
...
VINTEUIL IST DER WIDDER.

DAS HIER HAB ICH BEI GRÉGOIRE GEFUNDEN. ES STAMMT AUS DER BEWUSSTEN TASCHE. GRÉGOIRE HATTE ES ZUSAMMEN MIT EIN PAAR GELDSCHEINEN AUFGEHOBEN.
Hausmeisterin bestätigen Neue Adresse: Quai de Montebello 4
FÄLLT IHNEN NICHTS AUF?
BULLEN-SCHREIBE.
GENAU. ER HAT DEN AUSWEIS NICHT VINTEUIL GESTOHLEN. ES IST **SEINER**.
HABEN SIE DIE BEIDEN HANDSCHRIFTEN VERGLICHEN?
HEUTE MORGEN. ES SIND DIESELBEN. ES IST DIESER BULLENAUSWEIS, DER SO ENORM WICHTIG FÜR IHN IST, DANGLARD. WEGEN DEM WOLLTE ER SEINE SCHEISSTASCHE UNBEDINGT WIEDERHABEN. WEGEN DEM HAT ER OGIER UMGEBRACHT UND WOLLTE ER AUCH GRÉGOIRE TÖTEN. DIE JUNGS HATTEN IHN GESEHEN.

RÄUBER HALTEN DICHT.
EIN RISIKO, DAS ER NICHT EINGEHEN KONNTE. DIESE IDENTITÄT WAR SEIN SCHUTZ. EIN MANTEL AUS STAHL. ICH GLAUBE NICHT, DASS IHN DAS GEWISSEN GEQUÄLT HAT, DANGLARD. EIN TOTER MEHR ODER WENIGER BEDEUTET NICHTS FÜR IHN.
EISERNE HAND IN EINEM EISERNEN HANDSCHUH.
ALS ER AUSGESTIEGEN IST, MUSS ER SCHON LANGE NICHT MEHR RICHTIG GETICKT HABEN. ASTROLOGIE, HELLSEHEREI UND SCHLIESSLICH ERLEUCHTUNG.
EHRLICH?
LEIDER JA.
SACHTE MIT DEM WEIN, DANGLARD. SIE DÜRFEN NICHT SCHLAPP-MACHEN.
WERDEN WIR IHRER MEINUNG NACH LANGE HIER KAMPIEREN?
ICH WEISS ES NICHT.

NICHT WEITER WICHTIG. SOLANGE ES BÜCHER GIBT.
WAS IST DAS?
„BRITANNICUS".
LOHNT SICH DAS?
DA GEHT'S UM MACHT UND BLUT.
WIR KÖNNEN NICHT MEHR LESEN.
NEIN.
SCHLAFEN KÖNNEN WIR AUCH NICHT.
NEIN.

ICH HABE ENTDECKT, DASS ALLES UNGLÜCK DER MENSCHEN VON EINEM EINZIGEN HERRÜHRT: DASS SIE ES NICHT VERSTEHEN, IN RUHE IN EINEM ZIMMER ZU BLEIBEN.
ANRUF
VERSTANDEN.
ER KOMMT. DURCH DAS GARTENTOR.
GUTEN ABEND.

ICH BIN WEGEN DER TASCHE HIER.
ERINNERN SIE SICH AN MICH? ICH HABE VIER MONATE UNTER IHNEN GEARBEITET, ZUR ZEIT DER AFFÄRE MONTEREUX. LASSEN SIE DIE WAFFE STECKEN, VINTEUIL. SIE KÖNNEN SICH SICHER DENKEN, DASS ICH NICHT ALLEIN IN DIE HÖHLE DES WIDDERS GEKOMMEN BIN.
SIE REDEN BLÖDSINN, ADAMSBERG. SIE HABEN IMMER BLÖDSINN GEREDET. ALLE WISSEN DAS.
UND SIE WAREN IMMER RECHTSCHAFFEN, ALLE WISSEN DAS.

EIN VERFECHTER VON DISZIPLIN, PRINZIPIEN, REGELN, GESETZEN. SO SEHR, DASS SIE EIN RECHT ERFINDEN MUSSTEN, VINTEUIL, DESSEN MEISTER SIE SELBST WÄREN, UND DIE ANDEREN DIE DIENER. EIN SO STRENGES RECHT, DASS ES ALLE ZWEIFEL, ALLE ANGST, DEN AUFKOMMENDEN WIND UND DIE SICH REGENDEN GEFÜHLE HINWEGFEGEN WÜRDE. QUATSCH, DAS ALLES, DIE MÖRDERISCHEN DOGMEN UND DER FRIEDEN DER TYRANNEN.
BELEIDIGE DEN MÄCHTIGEN NICHT, ADAMSBERG. DIE IRRWEGE EINES KLEINGEISTS FÜHREN IHN IN DIE BEDEUTUNGSLOSIGKEIT.
UND DIE RED-LICHKEIT EINES MEISTERS IN DEN MORD.

WER REDET VON MORD?
ICH, WIDDER. MICHEL LEMONIER, BÉNÉDICTE TIMON, RAOUL DEJONQUES. DU HAST SIE UMGEBRACHT, SIE ENTSTELLT, SIE GEZEICHNET.
DUZEN SIE MICH NICHT.
ICH DUZE GROSSE PRINZIPIEN IMMER. AUS PRINZIP.
ICH NEHME AN, DIE DREI HABEN DIR GEDROHT. ERNSTHAFT, SO DASS DU EINEN PROZESS RISKIERTEST. IRRE ICH MICH?
...
ABER WAS BEDEUTET DIR SCHON EINE DROHUNG? DA WAR NOCH WAS ANDERES, NICHT WAHR, VINTEUIL?
DEIN SCHWEIGEN STÖRT MICH NICHT. ICH KENNE DIE GESCHICHTE. DA WAR NOCH WAS ANDERES, UND ICH SAGE DIR, WAS.
ICH MAG SIE NICHT, ADAMSBERG. ICH HABE SIE NIE GEMOCHT.

– (...)
– OGIER WAR SCHLICHT EIN HINDERNIS. DIE ANDEREN ABER WAREN WIRKLICHE FEINDE. SO HAST DU SIE AUCH BEHANDELT. DU HAST SIE ZEREMONIELL HINGERICHTET. DU HAST IHRE GESICHTER ZERSTÖRT, IHNEN HAARE AUSGERISSEN UND ZÄHNE AUSGEBROCHEN. NICHT ALS ANDENKEN, NEIN. UM AUCH NACH IHREM TOD MACHT ÜBER SIE ZU BEHALTEN. DU HAST SIE LEBENDIG GEFÜRCHTET, UND TOT.
– ANMASSENDE UND UNGEBILDETE WORTE, ADAMSBERG. SIE VERÄRGERN DEN MÄCHTIGEN.
– ES IST MIR EGAL, WEN ODER WAS ICH VERÄRGERE, SOLANGE ICH MICH ERKLÄRE.

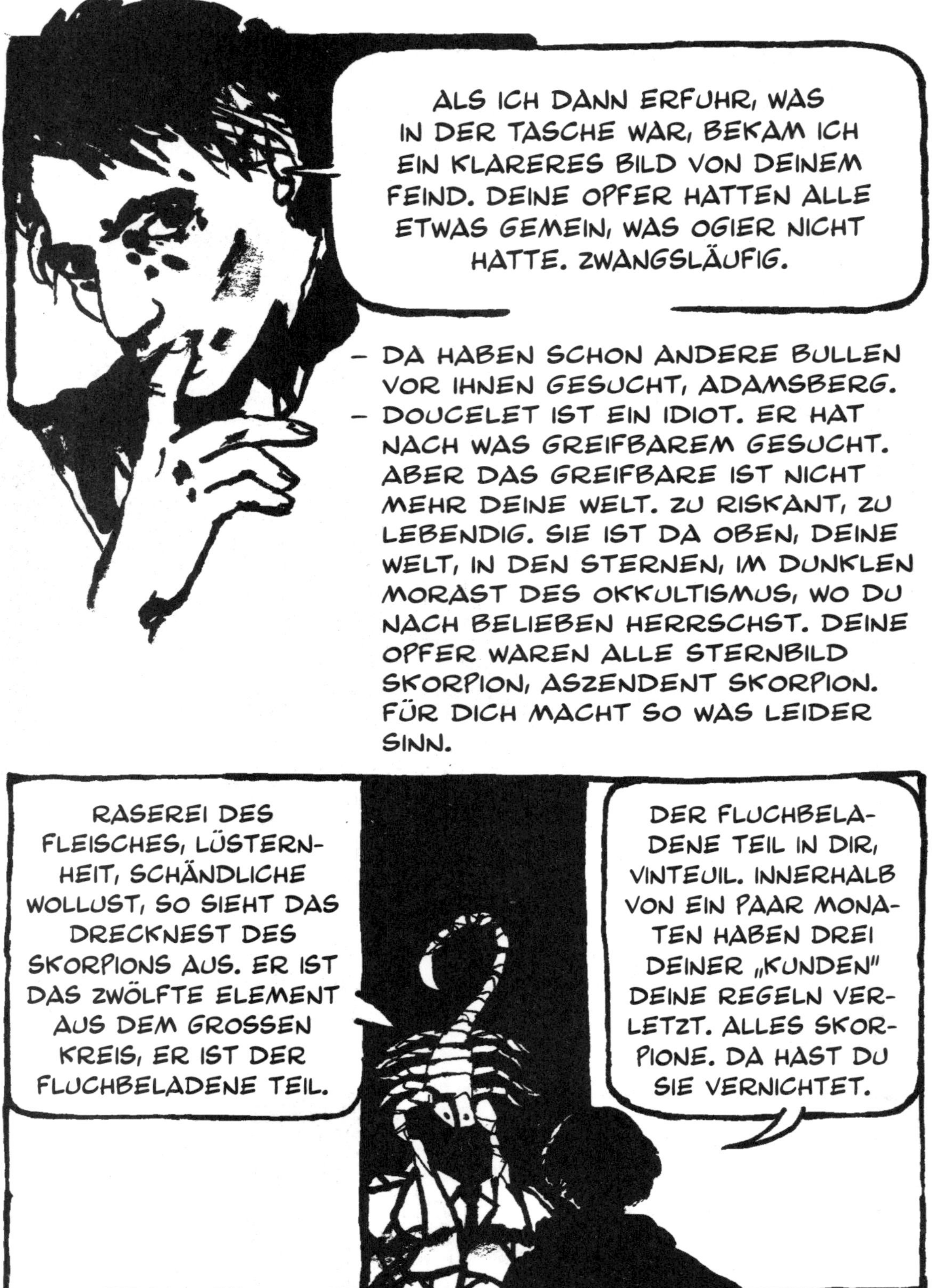

ALS ICH DANN ERFUHR, WAS IN DER TASCHE WAR, BEKAM ICH EIN KLARERES BILD VON DEINEM FEIND. DEINE OPFER HATTEN ALLE ETWAS GEMEIN, WAS OGIER NICHT HATTE. ZWANGSLÄUFIG.
– DA HABEN SCHON ANDERE BULLEN VOR IHNEN GESUCHT, ADAMSBERG.
– DOUCELET IST EIN IDIOT. ER HAT NACH WAS GREIFBAREM GESUCHT. ABER DAS GREIFBARE IST NICHT MEHR DEINE WELT. ZU RISKANT, ZU LEBENDIG. SIE IST DA OBEN, DEINE WELT, IN DEN STERNEN, IM DUNKLEN MORAST DES OKKULTISMUS, WO DU NACH BELIEBEN HERRSCHST. DEINE OPFER WAREN ALLE STERNBILD SKORPION, ASZENDENT SKORPION. FÜR DICH MACHT SO WAS LEIDER SINN.
RASEREI DES FLEISCHES, LÜSTERNHEIT, SCHÄNDLICHE WOLLUST, SO SIEHT DAS DRECKNEST DES SKORPIONS AUS. ER IST DAS ZWÖLFTE ELEMENT AUS DEM GROSSEN KREIS, ER IST DER FLUCHBELADENE TEIL.
DER FLUCHBELADENE TEIL IN DIR, VINTEUIL. INNERHALB VON EIN PAAR MONATEN HABEN DREI DEINER „KUNDEN" DEINE REGELN VERLETZT. ALLES SKORPIONE. DA HAST DU SIE VERNICHTET.

– DER WIDDER BRINGT NICHT DEN TOD. ER STELLT DIE HARMONIE WIEDER HER.
– DU HAST SIE HARMONISIERT. DAS SCHLIMMSTE IST, VINTEUIL, DASS DU GEFALLEN DARAN FANDEST. DEIN WERK BEGANN ERST. OGIER WAR NUR EIN KURZER ZWISCHENFALL, EIN DETAIL IN DEINER ARCHITEKTUR.
– WAS IST SCHON EIN MENSCH, BEI DER GROSSEN MASSE ALLER MENSCHEN?

– SCHMAROTZER, HUNGRIGE MÄULER, GESCHMEISS.
– WAS HAST DU MIT ALL DEINEM WISSEN GEMACHT, VINTEUIL?
– ICH HABE ES DEM MÄCHTIGEN DARGEBRACHT, UM IHM ZU DIENEN.

DOUCELET? ADAMSBERG HIER. ICH WEISS, ZEHN NACH DREI IN DER FRÜH. KOMMEN SIE NACH VALLERAY, IN DER NÄHE VON MONTARGIS, ROUTE DU PETIT PONT, SCHMIEDEEISERNES GARTEN-TOR, ZU ROLAND VINTEUIL. ICH HAB DEN WIDDER. (...) NEIN, DOUCELET, ICH HALTE SIE NICHT FÜR EINEN IDIOTEN, ICH BIETE IHNEN EINEN DIENST AN.
DAS MÜSSEN SIE SICH SCHON SELBST ANSEHEN, ENTWEDER ODER. (...) GUT. WIR WARTEN AUF SIE. LASSEN SIE SICH ZEIT, WIR BRINGEN DERWEIL DIE WELT IN ORDNUNG.
DER TYP IST EIN IDIOT.
WAR ES ESTELLE? HAT SIE MICH VERRATEN? HAT SIE IHNEN DIESE ADRESSE GEGEBEN?
DU LIEBST SIE, WAS? ABER WAS IST SCHON EINE EINZELNE FRAU, VINTEUIL, BEI DER MENGE ALLER FRAUEN?
NEIN, NICHT SIE HAT DICH VERRATEN.
WER DANN?
DEINE BULLEN-SCHREIBE.

ovis aries l.g.

SAMSTAG, 5. JULI, VIER TAGE SPÄTER ALSO. FRÜHER NACHMITTAG, BEWÖLKT, WIND AUS WESTLICHER RICHTUNG. AUF DER STRASSE VOR DEM HAUS DER BRABANS PICKT CALAMITY JANE DRECK AUF. ADAMSBERG GREIFT SIE BEHUTSAM UNTER DEM BAUCH UND STECKT SIE SICH UNTER DEN ARM. ER TRÄGT SIE ZUR SKULPTUR, SETZT SIE ZU FÜSSEN DES NILS AB UND SIEHT ZU DEM VATER HINAUF, DER VON SEINEM GERÜST STEIGT.
GIBT'S NACHRICHTEN AUS ORANGE?
ICH GLAUBE SCHON. TRINKEN SIE EINEN KAFFEE? ICH HAB NOCH EINEN REST HEISSEN DA.
HIER. DAS IST GESTERN GEKOMMEN.

DAS HEISST, DASS ES DORT KRONKORKEN GIBT. BEI DER HITZE GEHT BIER ZWANGSLÄUFIG GUT. DIE JUNGS LIEGEN ECHT NICHT AUF DER FAULEN HAUT.
DARF ICH?
NUR ZU.
Menschliche Arbeit! Das ist die Explosion, die den Abgrund meines Lebens von Zeit zu Zeit erhellt.
NICHT GERADE SEHR AUSFÜHRLICH. TYPISCH GRATIEN. VERGESSEN SIE ES, IST ZU STARKER TOBAK. ZU HOCH FÜR UNS.
SCHENKEN SIE IHN MIR?
BEHALTEN SIE IHN. IST DAS MINDESTE, WAS ICH TUN KANN.

ADAMSBERG HEBT KURZ DIE HAND UND VERLÄSST DAS HAUS DER BRABANS. ER ÜBERQUERT DIE STRASSE, SUCHT SICH EINEN BAUM ZUM ANLEHNEN UND BETRACHTET MIT VERSCHRÄNKTEN ARMEN DIE SKULPTUR, DIE SICH ÜBER DER GARTENMAUER ERHEBT. DER NIL, DER GANGES, DIE DONAU UND DER RIO DE LA PLATA. DER NIGER, DER AMAZONAS, DIE ELBE UND DER MEKONG. DER BLAUE FLUSS, DER MISSISSIPPI, DER ZAÏRE UND DER ARNO. UND SO WEITER UND SO FORT. WENN MÖGLICH. NOCH IMMER AN DEN BAUM GELEHNT, HOLT ADAMSBERG SEIN MOBILTELEFON HERVOR.
DANGLARD? JA, ICH WEISS, ES IST SAMSTAG. GRATIEN HAT GESCHRIEBEN. ICH LES ES IHNEN VOR.
JA, DAS IST IMMER NOCH DERSELBE STIL. „FREI WAR ICH, UND ICH RAUCHTE, VON NEBELBLAU BESTIEGEN ...“

IRGENDWELCHER ÄRGER?
ABSOLUT NICHT.
WAR NUR MAL KURZ HIER. UM ZU GUCKEN.

DIE ORIGINALAUSGABE MIT DEM TITEL „LES QUATRE FLEUVES" ERSCHIEN 2000 BEI DEN ÉDITIONS VIVIANE HAMY, PARIS.

ISBN 978-3-351-03250-0

AUFBAU IST EINE MARKE DER AUFBAU VERLAGSGRUPPE GMBH

1. AUFLAGE 2008

DIE ZITATE AUS ARTHUR RIMBAUD, „DAS TRUNKENE SCHIFF", GEBEN WIR IN DER NACHDICHTUNG VON PAUL CELAN WIEDER, DIE AUS „EIN AUFENTHALT IN DER HÖLLE. ALCHIMIE DES WORTES" IN ÜBERTRAGUNGEN VON PAUL ZECH UND FRITZ RUDOLF FRIES. DIE TEXTSTELLEN AUS RACINE, „BRITANNICUS", FOLGEN DER ÜBERSETZUNG VON SIMON WERLE.
LETTERING TORSTEN LEMME, BERLIN
EINBANDGESTALTUNG ANDREAS HEILMANN UND GUNDULA HISSMANN, HAMBURG
DRUCK UND BINDEN BERCKER GRAPHISCHER BETRIEB, KEVELAER
PRINTED IN GERMANY

WWW.AUFBAU-VERLAGSGRUPPE.DE